妖魔の棲む蔵

葉月奏太

Souta Hazuki

紅文庫

目次

装幀　遠藤智子

妖魔の棲む蔵

第一章　胎動

1

西島哲平《にしじまてっぺい》は中央線《ちゅうおうせん》と、日に数本しか走っていない路線バスを乗り継ぎ、山梨県のとある村に向かっていた。

時刻は午後四時、東京のアパートを出てから五時間が経《た》っている。ふと窓の外を見やれば、吹き抜ける風にわずかな雪がまじっていた。

哲平は二十二歳の大学四年生だ。

進学を機に上京してから、これが二度目の帰省だ。十二月三十日まで宅配便の仕分けのアルバイトが入っていたため、年明けになった。混雑する大晦日《おおみそか》と元日、それに二日は避けて、一月三日にした。

バスは山間部の曲がりくねった細い道をとろとろ走っている。かろうじて舗装してあるだけの、信号も街路灯もない山道だ。最初に数人いた乗客はすでに降りており、運転手以外は哲平しか乗っていない。

フロントガラスごしにバス停が見えた。

そのとき、胸にこみあげたのは懐かしさではなく一抹の不安だ。いつからだろう。村に漂う重苦しい空気に違和感を持つようになったのは……。

なぜか、自分だけがずれている気がしてならなかった。生まれ育った村なのに、いつしか他所者《よそもの》のような疎外感を覚えるようになった。東京の大学に進学したのは村を出るためだ。卒業後も村に戻る気はなく、すでに都内の小さな商社から内定をもらっている。

両親に報告すると落胆されてしまった。それなら今年の正月は帰省するようにと強く言われた。就職すれば長期の休みは取れなくなるかもしれない。気乗りしなかったが、学生時代最後の正月は実家で過ごすことにした。

バスを降りると、冷たい風が吹き抜けて震えあがる。

ダウンジャケットのファスナーを上まであげて、森のなかにつづく道を歩いていく。木々の枝が頭上に張り出しているため薄暗く、車がなんとかすれ違える道幅しかない。村に用事がある者しか通らない小道だ。

（昔のままだな……）

森を抜けると、哲平は思わず足をとめた。

最後に帰省したのは二年半前だが、まるで時間がとまったように村の様子は変わっていない。田んぼと雑草だらけの畔道《あぜみち》、路肩に停《と》まっている錆《さび》だらけの軽トラック、食べ物を求めてうろついている痩《や》せ細った野良犬。寂れた光景を目《ま》の当たりにして、さらに気が重くなってくる。

踵《きびす》を返したいのをなんとかこらえると、実家に向かって歩き出す。

子供のころ走りまわっていた道が狭く感じる。虫捕りをした山や魚釣りをした小川もまったく変わっていない。都会の人混みに慣れたせいか、静まり返った村に不安を覚えた。

徐々に住宅が増えてくる。古い家が建ち並ぶ景色は記憶のなかのままだ。犬の散歩をしている人や買い物袋をぶらさげた人をちらほら見かけた。

「てっちゃん」

女性の声が聞こえた。

はっとして振り返ると、幼なじみの夏川麻友《なつかわまゆ》が立っていた。ふたつ年下なので二十歳になったはずだ。愛らしい容姿は変わっていない。黒髪をポニーテールにまとめて、焦げ茶のダッフルコートを羽織っていた。

「麻友ちゃん……」

それ以上、言葉がつづかない。なにか言わなければと思うが、昔のように気軽にしゃべれなかった。

麻友の笑みが眩《まぶ》しかっただけではなく、女っぽく成長した姿にとまどっていた。コートごしにもわかる乳房のふくらみや、スカートの裾《すそ》からのぞいているスラリとした下肢に視線を奪われた。

「お帰り。会いたかったよ」

麻友の声は弾んでいる。

深い意味はないと思うが、大人びた幼なじみに言われると照れくさい。裏山でいっしょに遊んでいたのは、もう遠い昔のことだ。

「元気だったの」

「おう、麻友ちゃんも元気そうだね」

ゆっくり歩きながら、なんとか当たり障りのない言葉を返す。しかし、顔が熱く火照るのを自覚して視線をそらした。

「てっちゃん、東京に行ったきり、全然、帰ってこないんだもん」

なにやら麻友の口調は不満げだ。

家が近いために物心ついたころから、ずっといっしょに遊んでいた。だが、哲平は高校卒業と同時に村から逃げ出したのだ。なんとなく彼女を裏切ったような罪悪感を胸の奥に抱えていた。

「ねえ、東京ってそんなに楽しいの」

「いや……別に……」

実際、それほど楽しいわけではない。

都会になじめず、友だちも彼女もできないままだ。いまだに童貞で、バイト先と大学に通うだけの淋《さび》しい生活を送っている。東京の水が合わないと感じているが、だからといって田舎に戻る気もない。

「明日、遊びに行ってもいいかな」

いっそう明るい声で麻友が話しかけてくる。哲平が東京のことを語りたがらないと察して、話題を変えたのだろう。

「どうせ暇だし、いつでもおいでよ」

彼女が来てくれたら、少しは気が紛れるだろう。哲平が即答した直後、なぜか麻友の表情が硬くなった。

「じゃあ、明日……バイバイ」

早口でつぶやくと、急に逃げるように去っていく。哲平はわけがわからず、呆然《ぼうぜん》と立ちつくし、彼女のうしろ姿を見送った。

（なんだったんだ……）

首をかしげながら前を向くと、見覚えのある老人の姿が目に入った。

柏木孝造《かしわぎこうぞう》、実家の隣にある豪邸に住む七十三歳の老人だ。二十数年前に妻を亡くして、その後はずっと独り身を貫いている。

痩せ細った体を藍色《あいいろ》の着物に包み、寒いのに素足に下駄を履いている。厳めしい顔で仁王立ちする姿は相変わらずだ。頭頂部は禿げあがり、わずかに残っている髪もまっ白に染まっていた。

（参ったな……）

哲平は胸底でつぶやいて横を見やる。すると、生け垣がはるか彼方《かなた》までつづいていた。

　この無駄に立派な生け垣は隣家のものに間違いない。麻友と話しながら歩いているうちに、いつの間にか柏木家の前まで来ていたのだ。黙って孝造の横をすり抜けようとする。だが、鋭い目を向けられると無視できない。

「ど、どうも……お久しぶりです」

　ぼそりとつぶやけば、孝造はむずかしい顔で腕組みをしてうなずいた。

「うむ、ようやく帰ってきおったか」

　聞き取りづらい嗄《しわが》れた声だ。

　柏木家は多くの土地を保有しており、村人たちに安く貸している。そのため大人たちは孝造に頭があがらないが、子供たちにとって「柏木の爺《じい》さん」は気むずかしくて怒りっぽい老人にすぎなかった。

　麻友がいきなり帰ったのは、孝造の姿を見かけたからにほかならない。哲平も急いで立ち去ろうとすると、孝造は再び口を開いた。

「テツや」

　なぜか孝造は昔から哲平のことを「テツ」と呼ぶ。隣人とはいえ、とくに親しいわけではない。このなれなれしい感じが苦手だった。

「おまえさん、おなごは好きか」

いったい、なにを言っているのだろう。哲平が言葉につまっても、孝造は構うことなく語りかけてきた。

「退屈だったら、今夜、蔵をのぞきに来るがよい」

目が異様にギラついている。

一刻も早くこの場から去りたい。哲平は言葉を発することなくうなずくと、老人の横を足早に通り抜けた。

2

哲平は実家を見あげて、小さく息を吐き出した。

ありふれた二階建ての一軒家だ。生まれ育った家なのに構えてしまう。哲平は呼び鈴を鳴らすと、緊張ぎみに玄関ドアをそっと開けた。

「哲平ちゃん、お帰り」

いきなり、涼しげな声が耳に流れこむ。はじめて懐かしさが胸にひろがり、まさかと思いながら顔をあげた。

「ね、姉ちゃん……」

つぶやいた直後、頰《ほお》が熱く火照るのがわかった。動揺を悟られまいとして、とっさに不機嫌そうな顔を作っていた。

「どうして姉ちゃんがいるんだよ」

まったく予想外の展開だった。表に見慣れない赤い軽自動車が停まっていたが、あれは姉のものだったのだろう。

姉の愛梨《えり》は二年半前に結婚して苗字《みようじ》が飯岡《いいおか》に変わり、現在は隣町に住んでいる。哲平が唯一帰省したのは、姉の結婚式のときだった。

「哲平ちゃんが帰ってくるって聞いたから会いに来たの」

愛梨は穏やかな笑みを浮かべている。セミロングの艶《つや》やかな黒髪が、白いセーターの肩を柔らかく撫《な》でていた。

愛梨は六つ年上の二十八歳だ。短大を出てから街で働いていて、同じ職場の男性に見初められた。やさしい性格で、とくに哲平には惜しみなく愛情を注いでくれた。両親が共働きで留守がちだったが、姉のおかげで淋しい思いをした覚えはない。就職するまでは毎日、姉が夕飯を作ってくれた。

甘やかされて育ったせいか、いつしか愛梨に特別な感情を抱くようになっていた。惹《ひ》かれてはならないと自分に言い聞かせても、好きになってしまったものはどうにもならない。日に日に想いは募る一方だった。

「わざわざ来なくてもいいのに……義兄《にい》さんは正月も仕事なんだろ」

本当は会えてうれしいのに、ついぶっきらぼうな口調になってしまう。

まだ子供はいないが、愛梨は結婚して専業主婦になった。夫は二十四時間稼働の工場勤務で、正月も休めないと聞いている。夫をほったらかしにしているのに、愛梨は気にすることなく微笑を浮かべていた。

「せっかく、かわいい弟が帰ってきたんだもの。ひと晩くらい大丈夫よ」

「ひと晩って、泊まっていく気かよ」

「お姉ちゃんのこと、そんなに邪険にしなくてもいいでしょ」

愛梨が悲しげな顔でつぶやくので、哲平はますます動揺してしまう。慌てて視線をそらすと、スニーカーを脱いで家にあがった。

「哲平、お帰り」

リビングから母の京香《きようか》が出てきた。

茶色がかったふんわりした髪を揺らして、うれしそうに目を細める。三が日は仕事が休みだ。街で働いているせいか四十六歳にしては若々しい。

「やっと帰ってきたわね。元気にしてたの」

「うん、まあね」

哲平は無理をして笑みを浮かべるが、心中は複雑だった。

「とにかく無事についてよかったわ。お腹《なか》、空《す》いてるでしょう。今夜は哲平の好きなものをたくさん用意しているわよ。愛梨といっしょに作ったの」

浮かれている母を見ていると、田舎を避けてきたことが申しわけなく思えてくる。しかし、だからといって急に郷愁が芽生えるはずもない。

「ほら、お父さんも待っているわよ」

母にうながされて、哲平はリビングに足を向ける。

父の賢治《けんじ》はパジャマの上に半纏《はんてん》を羽織り、ソファに座っていた。街の食品加工会社で働いており、無口だが真面目《まじめ》な性格だ。無類の酒好きで、今夜もさっそく晩酌をはじめていた。

「父さん、ただいま」

哲平が声をかけると、父はめずらしく相好を崩して何度もうなずいた。

「よく帰ってきた。おまえもいっぱいやるか」

普段は無愛想な父が、うれしそうにしている姿が意外だった。

こうして歓迎されると、ますます複雑な心境になってしまう。しかし、自分だけがずれている感覚に変わりはなかった。

3

哲平は二階にある自室のベッドで横になっていた。

時刻は深夜零時になろうとしている。疲れているのに、神経が昂《たかぶ》って眠れない。先ほどから寝返りを打っては、ため息を漏らしていた。

久しぶりに家族と夕飯を摂《と》ったが、どうにもしっくりこなかった。相談せずに東京で就職を決めたことを咎《とが》められると思っていた。だが、意外なことに父も母も、なにも言わなかった。ただ愛梨だけは淋しそうにしていた。

――帰ってきてくれると思ったのに。

姉の言葉を思い返すと胸がせつなく締めつけられる。

離れればなれは淋しいが、愛梨は人妻だ。姉と弟という関係は永遠に変わらない。田舎に帰ってきたところで虚《むな》しくなるだけだ。

窓から射《さ》しこむ月明かりが、部屋のなかをぼんやり照らしている。夜になって気温がさがり、毛布から出ている頬を冷気が撫でていた。

(そういえば……)

哲平はふと身を起こし、窓に歩み寄った。

――退屈だったら、今夜、蔵をのぞきに来るがよい。

確か孝造はそう言っていた。

窓から隣家の敷地をうかがった。村人たちがお屋敷と呼ぶ二階建ての豪邸があり、裏手に東京なら住宅として通用する大きさの蔵が建っていた。

母屋と同じ瓦《かわら》ぶきの屋根で、高さも同じくらいだ。しっくいの白壁が月光を浴びて青白く浮かびあがっている。子供のころから気にはなっていたが、なにしろ孝造が怖いので近づいたことはなかった。

(よし……)

スウェットの上にダウンジャケットを羽織り、部屋をあとにした。

両親と姉を起こさないよう慎重に階段をおりると、スニーカーを履いて外に出る。白い息を吐きながら、通りを早足で歩いていく。そして、正面から柏木家の敷地に足を踏み入れた。

孝造に声をかけられたとはいえ、深夜なのでさすがに緊張する。足音を忍ばせて母屋の裏手に進むと、大きな蔵が目の前に現れた。

かなりの年代ものらしい。近くで見ると白壁はくすんでおり、蜘蛛《くも》の巣状のひびが入っている。窓がないので、なかをのぞくには正面の扉しかない。黒い鉄製の観音開きで、大きくて重たそうだ。

(あれ……)

扉は少しだけ開いており、細い隙間《すきま》ができていた。

そこから微《かす》かな光が線になって漏れている。もしかしたら、哲平が来ると思って、孝造がわざと開けておいたのではないか。恐るおそる近づき、扉の隙間に顔を寄せていく。

（なっ……）

次の瞬間、哲平は両目をカッと見開いた。

裸の女性が目に飛びこんできたのだ。ギリギリのところでこらえたが、危うく大声をあげるところだった。

蔵のなかは土間になっていて、壁ぎわには古い木箱がたくさん積みあげられている。土間のあちこちに蠟燭《ろうそく》が何本も立ててあり、揺らめく炎の明かりが蔵の内部をぼんやり照らしていた。

中央が開けていて、そこに全裸の女が立っている。いや、よく見ると天井から吊《つ》られているようだ。両足は土間に届いているが、両手首をひとまとめに縛られて頭上にまっすぐ伸ばしている。その縄が梁《はり》にかけられて、壁に取りつけられた鉄製のハンドルにつながっていた。

（な、なんだ、これは……）

童貞の哲平には刺激の強い光景だ。

気温は低いのに、異常なまでの熱気が伝わってくる。予想外の出来事に遭遇して頭がまわらない。ナマの女体を目にするのはこれがはじめてで、瞬《まばた》きするのも忘れて隅から隅まで凝視した。

女の頭には布袋がかぶせられており、顔はまったくわからない。だが、成熟した女体は惜しげもなくさらされている。乳房は下膨れした釣鐘形で、なめらかなふくらみの頂点では桜色の乳首が揺れていた。

内腿《うちもも》をぴったり閉じているが、恥丘にそよぐ漆黒の陰毛は隠せない。楕円形に手入れされた縮れ毛が、蠟燭の明かりに照らし出されていた。

(こ、これが、女の人の身体……)

哲平は扉の隙間に片目を押しつけたまま、思わず生唾《なま》を飲みこんだ。くびれた腰からたっぷりした尻にかけての曲線が艶めかしい。ときおり吊られた身体をよじるため、より艶めかしさが強調される。いったい、なにが起きているのだろうか。

もしかしたら、孝造がさらってきたのかもしれない。

哲平はふと思い浮かんだ自分の考えに戦慄《せんりつ》した。孝造は昔から気むずかしいところがあり、なにかをやらかしそうな雰囲気があった。

（そ、それなら助けないと……）

そう思ったとき、奥の暗がりでなにかが動いた。

吊られた女性の背後、蔵の奥には蠟燭の光が届いていない。暗闇《くらやみ》に得体の知れない恐ろしいものが潜んでいる気がする。足がすくんで身動きできずにいると、奥から何者かがゆっくり歩いてきた。

（あっ……）

哲平は頰をひきつらせて胸のうちで叫んだ。

蠟燭の炎に照らし出されたのは、白い褌《ふんどし》だけを身に着けた孝造だ。体は痩せ細って染みだらけだが、背すじはすっと伸びている。この寒さのなか裸足《はだし》で土間を歩き、凄絶《せいぜつ》な笑みを浮かべて女に近づいた。

「どうじゃ、そろそろ欲しくなっただろう」

孝造は布袋をかぶった女に顔を寄せると、嗄れた声で語りかけた。

女は吊られた身体をビクッと震わせる。内股《うちまた》になって肩をすくめるが、諦《あきら》めているのか抵抗するそぶりはなかった。

孝造が蔵のなかをぐるりと見まわした。そのとき、目が合った気がして警戒する。しかし、孝造はなにごともなかったように、再び女性に語りかけた。

「あんまり焦《じ》らすのもかわいそうだな」

そう言って壁に向かうと、ハンドルをまわして縄を緩めていく。

腕が完全にさがるが、なぜか女性はその場でじっとしている。孝造が手首の縄をほどいても、彼女はまったく逃げようとしない。命じられるまま両腕を背後にまわして、腰の上で手首を交差させた。

「動くでないぞ」

孝造は慣れた感じで手首に縄をかける。うしろ手に縛りあげると、再びハンドルをまわして縄を巻き取っていく。

「あうっ……」

布袋の下から微かな呻《うめ》き声が聞こえる。

女性は吊りあげられるにつれて、自然と前かがみになっていた。うしろ手に縛られた状態で踵《かかと》が土間から浮き、つま先立ちの苦しい姿勢になってしまう。縄が巻きつけられた手首に体重がかかって痛むに違いない。

（な、なにをやってるんだ）

哲平は寒さも忘れて、扉の隙間から蔵のなかを凝視した。

彼女がまったく抵抗しないのが不思議でならない。なにか弱みを握られているのか、それとも望んで縛られているのだろうか。いずれにせよ、深夜の蔵でこんなことが行われているとは驚きだ。

（で、でも……）

前かがみになったことで、女体の曲線にますます惹きつけられる。うしろに突き出された尻のまるみや、重たげに揺れる双《ふた》つの乳房、つま先立ちになったため小刻みに震えるふくらはぎも艶っぽい。蠟燭の揺れる炎が、なにやら幻想的に女体を照らしていた。

「さて、どこからかわいがってやろうかのぉ」

孝造がもったいぶってつぶやき、突き出された尻に手を這《は》わせていく。軽く撫でただけで、女体が怯《おび》えたようにビクンッと反応した。

「あっ……」

布袋のなかから小さな声が漏れる。しかし、声はくぐもっているため、誰なのかはまったくわからない。

「相変わらずいい尻をしておる」

孝造は満足げにつぶやきながら、女の尻をねちっこく撫でまわす。さらには指を曲げて柔肉にめりこませた。

「あっ……ンンっ」

尻を嬲《なぶ》られるたび、女体に小さな震えが走り抜ける。布袋をかぶった頭も揺れて、明らかに反応していた。

(まさか感じてるのか……)

童貞の哲平には判別がつかない。だが、彼女の反応を見ていると、いやがっているようには見えなかった。

女性が悦《よろこ》んでいるのなら、ここで踏みこんで助けるのも違う気がする。そもそも孝造に呼ばれたのだから、見られてまずいことが行われているとも思えない。

「どうじゃ。尻は感じるか」

老人の皺《しわ》だらけの指が、張りのある尻たぶの表面を這いまわる。ねちっこく柔肉を揉《も》みまわしては、臀裂《でんれつ》の表面をスーッと撫であげた。

「はンンっ」

布袋をかぶった女の頭が跳ねあがる。腰の上で縛られた両手を強く握り、背中を大きく反り返らせた。

「すっかり敏感になったのぉ」

孝造は女の反応に気をよくしたのか、執拗《しつよう》に臀裂を撫でまわす。愛撫《あいぶ》はあくまでも繊細で、強引なことは決してしない。そのせいか、女の声は蕩《とろ》けるように甘かった。

「はンっ……ああンっ」

うしろ手に縛られて吊られているのに、いやがっている感じはない。むしろ老人に愛撫されて悦んでいるように見えた。

(まさか、こんなことをされて……)

哲平にはまったく理解できない世界だ。

しかし、淫靡《いんび》な光景を目の当たりにして、興奮しているのも事実だ。先ほどから短パンの前が痛いくらいに張りつめている。ペニスが硬くなり、先端から大量の先走り液が溢《あふ》れているのだ。ボクサーブリーフの内側はぐっしょり濡れてヌルヌルになっていた。

「あンっ……はあンっ」

蔵の中央で吊られた女は媚《こ》びるように尻を振っている。

老人のねちっこい愛撫で呼吸を乱し、内腿をもじもじ擦《こす》り合わせて、尻をますます突き出していく。まるでさらなる愛撫をねだっているようだ。そんな彼女の反応を見て、孝造はニヤリと唇を歪《ゆが》めた。

「今度はこっちも触ってやろう」

右手で尻を撫でまわしながら、左手を乳房に這わせていく。重たげに揺れる柔肉を揉みあげると、先端で色づいている蕾《つぼみ》をキュッと摘まんだ。

「ああっ」

とたんに甘い声が弾《はじ》けて、女体が大きく反応する。硬くなった乳首を指先で転がされると、全身が感電したように痙攣《けいれん》した。

「はしたなくコリコリにしおって、旦那《だんな》に悪いと思わんのか」

孝造の口から信じられない言葉が発せられる。彼女は既婚者らしい。夫がいるにもかかわらず、老人に愛撫されて感じているのだ。

(結婚してるのに……ウソだろ)

哲平はさらなる興奮を覚えて、無意識のうちにスウェットパンツの上からペニスを握った。

「はああッ」

女の声が大きくなり、蔵のなかで反響する。

孝造の指が臀裂の狭間に埋まったのだ。哲平の位置からは見えにくいが、女陰をいじっているらしい。なにやら湿った音まで聞こえてきた。

「グショグショになっておるではないか。ほれ、これが感じるんだろう」

「ああッ……あああッ」

布袋をかぶった頭が大きく揺れる。女陰を愛撫されながら、同時に乳首を摘まんで転がされると、さらに反応が顕著になった。

「もう果てそうなのか。仕方ないのぉ。ほれほれ、果ててよいぞ」

孝造が手の動きを激しくする。とたんに、クチュッ、ニチュッという湿った音が響き、全身が小刻みに震えはじめた。喘《あえ》ぎ声が切羽つまり、ついには背中が大きく仰《の》け反った。

「あァッ、あァッ、はぁあああああァッ！」

頭が跳ねあがると同時に、こもった喘ぎ声が蔵のなかの空気を震わせる。縄がギシギシと軋《きし》んで、陸に打ちあげられた魚のように女体が痙攣した。

（イ、イッたんだ……あの人、イッたんだ）

衝撃的な光景だった。

哲平はスウェットパンツごしにペニスを強く握ったまま、身動きが取れずにいた。決定的瞬間を目撃して、男根をしごくことすらできなかった。

4

「じゃあ、わしも楽しませてもらおうかの」

孝造がおもむろに褌を取り、隆々とそそり勃《た》つ男根を剥《む》き出しにした。

亀頭はぶっくりふくらみ、竿《さお》はまるで枯れ枝のようにゴツゴツしている。妖《あや》しく黒光りして、七十三歳とは思えないほど逞《たくま》しい。孝造は吊られた女体の背後にまわりこみ、突き出された尻を抱えこんだ。

「魔羅がほしいか」

すぐには挿入しない。亀頭で臀裂をなぞりながら問いかける。そうやって女を焦らし、悶《もだ》える様を見おろして反応を楽しんでいた。

「ほれ、おまえの大好きなでっかい魔羅だぞ」

「ほ、ほしいです」

彼女がくぐもった声で懇願する。それに気をよくして、孝造が腰をゆっくり押しつけた。

「ようし、挿《い》れてやる。たっぷり味わうがよい」

「あッ……ああッ」

女体が硬直して、艶めかしい声が溢れ出す。ついに男根が膣に埋めこまれたらしい。

(す、すごい……すごいぞっ)

哲平は思わず心のなかで叫んだ。

まさかこんな場面に遭遇するとは思いもしない。蠟燭の明かりに照らされた蔵の中央で、孝造と謎《なぞ》の女がセックスしているのだ。

「こんなに濡らしおって……そんなにわしの魔羅がほしかったのか」

「ああンっ、ほ、ほしかったです」

孝造が腰を動かせば、彼女が腰をくねらせる。すでに挿入しているのは間違いない。だが、哲平の位置からは確認できなかった。

(クソッ、肝腎《かんじん》なところが見えないよ)

心のなかでつぶやいたとき、孝造が射貫《いぬ》くような視線を向けた。

「テツ、そこからじゃよく見えんだろう」

余裕たっぷりにつぶやいて手招きする。

どうやら、哲平がのぞいていたことに気づいていたらしい。口もとには笑みが浮かんでいるが、目つきは異様に鋭かった。

「こそこそしてないで遠慮せずに入ってこい。もっと近くから見せてやるぞ」

孝造の嗄れた声が耳に流れこみ、哲平の好奇心と欲望を刺激した。

躊躇《ちゆうちよ》したのは一瞬だけだ。かかわるべきではないと思いつつ、ふくれあがる好奇心を抑えられない。セックスを間近で見てみたいという欲望が、理性を簡単に凌駕《りようが》していく。

（み、見たい、もっと近くで……）

哲平は無意識のうちに取っ手をつかみ、鉄製の重い扉を開けていた。

錆《さ》びた蝶番《ちようつがい》がギギッと音を立てて、女がビクッと身体を揺らす。だが、それでも抵抗しない。孝造に逆らえないのか、されるがままになっている。

（なんだ、この匂い……）

蔵に足を踏み入れた直後、哲平は顔をしかめて鼻に手をやった。

古いので仕方ないがカビくさい。それだけではなく、なにやら薬草のような妖しげな香りも漂っていた。

「来ると思っておったぞ。ほれ、こっちに来い」

孝造の声は相変わらず嗄れているが、口調は意外なほど穏やかだ。哲平は恐るおそる歩み寄ると、孝造のすぐ横に立った。

「おおっ……」

結合部分をのぞきこんだとたん、思わず呻き声が溢れ出す。

黒光りする男根が、サーモンピンクの女陰の狭間《はざま》に刺さっている。すでに半分ほど埋《うず》まり、隙間からは透明な汁がじくじく染み出ていた。インターネットで無修正画像を見たことはあるが、ナマは迫力がまるで違っていた。

「どうだ。すごいだろう」

孝造が自慢げにつぶやき、さらに腰を押し進める。男根が膣口を貫き、新たな華蜜が溢れ出した。

「はううッ」

女が甘ったるい声を漏らしている。うしろ手に縛られた状態で犯されているのに、明らかに悦んでいた。

「テツや、おまえ、経験はあるのか」

孝造がギラつく目を向ける。哲平は内心を見透かされた気がして、首をゆっくり左右に振った。

「うむ。それならじっくり見て、おなごの悦ばせ方を学ぶがよい」

枯れ枝のような男根をすべて押しこみ、股間をむっちりした尻たぶに密着させる。根元まで挿入されて、女体がぶるるっと震えあがった。

「あううッ、お、奥まで……」

布袋のなかで女がつぶやく。

声はこもって聞き取りづらいが、媚びるような響きが含まれている。すでに孝造と何度も交わっているのか、抗《あらが》う感じはいっさいなかった。

（結婚しているのに、なんて女だ……）

哲平は憤慨しながらも、かつてないほど興奮している。なにしろ、老人の男根を咥《くわ》えこんだ膣口は、大量の愛蜜でぐっしょり濡れているのだ。

「動いてほしいか」

孝造が声をかけると、布袋をかぶった女が何度もうなずく。そして、抽送をねだるように腰を右に左にくねらせた。

「お、お願いです……は、早く……」

「仕方ないのう、ほうれ」

女のくびれた腰をつかみ直すと、孝造が腰をゆったり振りはじめる。

ゴツゴツした男根が女壺に出入りするのが見えて、哲平は思わず前かがみになってのぞきこんだ。

「す、すごい……」

手を伸ばせば届く距離で、膣のなかに男根がはまっている。抽送はスローペースだが、太幹の動きとともに女陰が蠢《うごめ》く様が生々しい。前進するといっしょに巻きこまれて、後退すると二枚の陰唇がめくれ返って露出する。かつてこれほど淫《みだ》らな光景を目にしたことはない。哲平は一瞬たりとも見逃すまいと、目を見開いて凝視した。

「あッ……あッ……」

女は切れぎれの喘ぎ声を振りまき、媚びるように尻を振っている。

男根が出入りするたび、華蜜がかき出されて、ふたりの股間はますます濡れていく。太幹が深く埋まると、女体に凍えたような震えが走った。

「おまえは奥が好きだったのう。ほうれ、ここか、ここがいいのか」

孝造は股間を彼女の尻たぶに押しつけて、いきり勃った陰茎を根元まで挿入する。そして、深々と貫いた状態のまま、腰をねちっこく回転させた。

「はううッ、い、いい、いいです」

女の喘ぎ声が大きくなる。枯れ枝のような男根が、膣内をかきまわしているのだ。女体が反応して、尻たぶにキュウッと力が入るのがわかった。

「おううッ、締めつけおって……この好き者が」

女壺が収縮したのかもしれない。孝造は皺だらけの顔を快楽に歪めて、再び腰を動かしはじめる。先ほどのようなゆったりした動きではなく、女壺をえぐるような力強い抽送だ。

「あッ……ああッ」

すぐに喘ぎ声がほとばしる。布袋ごしなのでこもっているが、艶めかしい響きが哲平の欲望を煽《あお》り立てた。

(感じてる……この人、感じてるんだ)

もう我慢汁がとまらない。ペニスはこれでもかと勃起して、興奮のあまり視界がまっ赤に染まっていた。

「ほれほれ、もっと泣いてみせんか」

孝造が腰の動きを速めていく。七十三歳とは思えない、力強い抽送だ。出入りをくり返す陰茎は、愛蜜にまみれてヌラヌラと濡れ光っていた。

「ああッ、は、激しいっ」

彼女は腰の上で縛られた手を強く握り、甘い声を振りまいている。男根を突きこまれるたび、女体が艶めかしく悶えた。

「激しいのはいやか」

孝造が腰を振る速度を落として意地悪く問いかける。すると、布袋をかぶった女は、慌てた感じで首を左右に振り立てた。

「どうしてほしいか、はっきり言ってみろ」

腰の動きがスローペースになる。女を焦らす、ねちっこいピストンだ。

「ああッ、お、お願いします……も、もっと、もっと激しくしてください」

女が懸命に媚びて腰を振る。それだけではなく、吊られた身体を自ら前後に揺らしはじめた。

「すっかり淫乱になりおって」

孝造は唇の端をニヤリと吊りあげて、本格的な抽送を開始する。股間を打ちつけるたび、女の尻たぶがパンッ、パンッと乾いた音を響かせた。

「ああッ、ああッ、も、もうっ」

「もう、果てそうなのか」

「は、はい、も、もう、果ててしまいますっ」

布袋をかぶった頭で振り返り、女が今にも昇りつめそうな声で訴える。その直後、孝造がさらに力強く男根をうがちこんだ。

「ふんッ、これで果ててしまえ！」

「い、いいっ、イクっ、イキますっ、あああッ、あぁあああああッ！」

吊られた女体が激しく痙攣して、縄がギシギシと軋む。背中が大きく反り返り、艶めかしいよがり声を振りまいた。

「うむッ、わ、わしも……ぬううううッ！」

女が果てたのを見届けると、孝造は男根を引き抜いて精液を噴きあげる。大量の欲望汁が白い放物線を描き、土間にボタボタと飛び散った。

5

哲平は目の前の光景に圧倒されて、言葉を発することもできない。

淫靡な空気に当てられたのか、頭がクラクラする。興奮を鎮めようとして深呼吸すれば、周囲に漂っている香草のような匂いが肺を満たしていった。

（なんなんだ、これは……）

まるで淫らな夢を見たような気分だ。

女は絶頂に達した直後でぐったりしている。膝《ひざ》から力が抜けており、うしろ手に縛りあげた縄に体重がかかっていた。皮膚に縄が食いこんで痛そうだが、彼女は絶頂の余韻に浸るように息をハアハアと乱していた。

「テツよ、どうだった」

孝造がニヤつきながら尋ねてくる。

射精したばかりだというのに、男根は硬さを失うことなく天に向かって屹立《きつりつ》していた。カリが左右に張り出し、尿道口からは透明な汁が溢れている。七十すぎとは思えない驚異的な精力だ。

「ど、どうって言われても……」

哲平がとまどいの声を漏らすと、いきなり肩をがっしりつかまれた。

「歯切れが悪いのぉ、おまえもやりたいのだろう」

孝造はそう言うなり、哲平の股間を見おろす。ペニスがスウェットパンツの前を突き破る勢いで勃起していた。

「こんなに魔羅が大きくなっておるではないか」

「こ、これは……」

「なにも恥ずかしがることはない。健康な男児なら当然のことよ。おまえくらいの年なら、やりたくてたまらんだろう。この女なら大丈夫だぞ。ほれ、おまえからもおねだりせんか」

むっちりした尻たぶを軽くペシッとたたくと、彼女は「あンっ」と甘い声を漏らして振り返った。

「お、お願いします……あ、あなたの逞しいものを、どうかわたしに挿れてください」

布袋をかぶっているので顔はわからない。しかし、淫らに懇願されると、どうしようもなく興奮する。腹の底から欲望がこみあげて、居ても立ってもいられない。

「い、いいんですか……本当に……」

震える声でつぶやくと、彼女はこっくりうなずいた。

だからといって、すぐには行動に移せない。なにしろ哲平は童貞だ。やりたい気持ちはあっても、上手く挿入できるか自信がない。

「躊躇するな。女も求めておるのだ。はじめては誰にでもある。思いきって突っこんでやれ」

孝造が意外にも穏やかな声で語りかけてくる。口うるさい爺さんだと思っていたが、今はやけに頼もしく感じた。

（や、やりたい……やりたいんだ）

胸のうちで欲望が理性を呑《の》みこんでいく。哲平はスウェットパンツとボクサーブリーフを一気に引きおろして脱ぎ捨てた。

屹立したペニスが剥き出しになり、羞恥《しゅうち》で全身がカッと燃えるように熱くなる。孝造の男根ほど迫力はないが、サイズでは負けていない。亀頭はパンパンに張りつめており、カリが鋭く張り出していた。

（よ、よし……）

膝が震えるが、それでも吊られている女の背後にまわりこんだ。

両手を伸ばして、むっちりした尻たぶに触れてみる。柔らかい肉の感触に陶然となり、剥き出しの男根がピクッと跳ねた。尻肉をそっと割り開くと、秘めたる女の花弁が露《あらわ》になった。

（こ、これが、女の人の……）

思わずまじまじと見てしまう。サーモンピンクの女陰はたっぷりの華蜜で濡れそぼり、視線を感じて微かに蠢いた。

「ああンっ」

女が甘い声を漏らして、焦れたように腰をよじる。しかし、いざとなると緊張して動けない。

「テツよ、やれ……女はおまえの魔羅を待っておるぞ」

孝造の言葉に背中を押されて、哲平は亀頭の先端を女陰にあてがった。

「あンっ」

「や、柔らかい……こんなに柔らかいんだ」

軽く触れただけなのに、二枚の陰唇がクニュッとひしゃげる。そして、亀頭の先端にやさしく吸いついたと思ったら、そっと包みこんできた。

「おっ……おおっ」

哲平は唸《うな》りながら、本能のままに腰を押しこんだ。すると、亀頭が陰唇の狭間に沈み、そのまま膣口に吸いこまれていった。

（は、入った……入ったぞ）

ついに、童貞を卒業したのだ。だが、喜んでいる余裕はない。膣のなかは、熔鉱炉《ようこうろ》のように熱く、粘り気のある華蜜がたっぷりたまっていた。

「くッ……うぐぐッ」

濡れ襞《ひだ》がいっせいにざわめき、亀頭の表面を這いまわる。気を抜くと暴発しそうだ。哲平はとっさに奥歯を食い縛り、快感の波を懸命に耐え忍んだ。

（こ、これがセックス……なんて気持ちいいんだ）

全身の毛穴から汗がいっせいに噴き出す。これまで経験したことのない感覚が、股間から四肢の先までひろがった。やがて膣壁が波打つように蠢き、男根を女壺の奥へと引きこみはじめた。

（す、吸いこまれる）

自然と結合が深まっていく。哲平はただ立っているだけなのに、気づくと太幹が根元まで埋まっていた。

「あぁッ……はあぁッ」

彼女も喘ぎ声を振りまいている。汗ばんだ背中が仰け反り、尻たぶには笑窪《えくぼ》ができるほど力が入っていた。

「どうだ、テツ、はじめてのおなごの感触は」

孝造が楽しげに尋ねる。そして、勃起した男根を揺らしながら女の前にまわりこんだ。

布袋を少しだけずらして女の口を露出させる。なにをするのかと思えば、いきなり亀頭を唇に押しつけた。

「あふっ……はむンンっ」

女は当然のように、老人の男根を咥えこむ。肉厚の唇をカリ首に密着させると、さっそく唾液の音を響かせる。口内で舌を使っているらしい。それだけでも驚きなのに、自ら積極的に首を振りはじめた。

(な、なにを……)

興奮のあまり頭のなかが熱く燃えあがる。

吊られた女を挟んで、孝造と向かい合った状態だ。膣と口に、それぞれ男根を突きこんでいる。見ず知らずの女を前後から同時に犯しているのだ。

「生身のおなごは最高だろう」

孝造は凄絶な笑みを浮かべて、腰をゆったり振りはじめる。男根を出し入れすることで、女の口の感触を楽しんでいるのだ。

「す、すごい……すごいぞ」

異常な雰囲気に流されて、哲平は息を乱しながらつぶやいた。

はじめてのセックスがこれほど強烈な体験になるとは思いもしない。無意識のうちに腰が動き、女壺のなかでペニスを滑らせた。

「あンっ……あふンっ」

女のくぐもった声が響いている。口と膣を同時にふさがれて、吊られた女体をくねくねと悶えさせた。

(ううっ、なんて気持ちいいんだ)

哲平は夢中になって腰を振りたくった。

とはいえ、はじめてなのでピストンはぎこちない。ほんの少し動かしただけでも、自分でしごくのとはレベルの異なる快感が押し寄せた。

「くううッ」

愉悦が全身にひろがり呻き声がとまらない。この調子だと、すぐ限界が訪れてしまう。しかし、もう抽送速度を落とすことなどできない。欲望がどんどんふくれあがり、気持ちよくなることしか考えられない。

「テツや、もっと激しく腰を振ってみろ。おなごは男に突かれることで悦びを覚えるのだ。とくにこいつは奥をかきまわしてやると感じるぞ」

孝造は男根をしゃぶらせながら声をかける。

先ほどは見事に女を絶頂させていた。この女の性感帯を知りつくしているに違いない。

(そ、そう言われても……うううッ)

自分のほうが達してしまいそうだ。哲平はこみあげてくる射精欲を懸命に抑えながら腰を振りつづけた。

「もっと舌を使ってしゃぶってみろ……おううッ、その調子だ」

孝造もフェラチオされて呻いている。女は老人の陰茎にむしゃぶりつき、哲平の男根を女壺でこれでもかと締めあげた。

「あふっ……い、いいっ、あむンっ」

彼女は喘ぎながら身体をくねらせている。蠟燭の揺れる光のなかで、二本のペニスを突きこまれる姿はあまりにも淫らだ。

「ううッ、お、俺、もう……」

このままでは射精してしまう。うねる膣襞が男根に巻きつき、思いきり絞りあげていた。

「で、出ちゃう……うぐッ」

女体に覆いかぶさり、両手をまわしこんで乳房を揉みしだく。柔肉に指をめりこませては、先端で揺れる乳首を摘まんで転がした。

「はあああッ、い、いいっ」

彼女は男根を咥えたまま、布袋のなかで喘ぎ声を響かせる。それと同時に腰を右に左にくねらせた。

「うおッ、で、出るっ、ううううッ、くうううううッ！」

我慢できなくなり、唐突に射精してしまう。ざわめく膣襞の感触がたまらない。ペニスを深く突きこみ、女壺の深い場所で大量の粘液をドクドクと噴きあげた。

「ひあッ、あ、熱いっ、あああああッ！」

女体が小刻みに震えて、ペニスをさらに締めつける。もしかしたら、熱いザーメンを注がれた衝撃で軽い絶頂に達したのかもしれない。

「よおし、全部飲め……ぬううううッ！」

今度は孝造が呻き声をあげて、痩せた体を力ませた。どうやら口のなかに射精したらしい。ゴツゴツした男根を喉の奥まで埋めこみ、容赦することなく欲望を解き放った。

「あううッ……」

彼女は口内に注ぎこまれた精液を、喉を鳴らして嚥下《えんか》していく。

哲平は初セックスの感激に浸りながら、甘い匂いを発している女体を強く抱きしめた。そして、ペニスに感じる熱い媚肉の感触を、脳裏にしっかり刻みこんだ。


呼び鈴の鳴る音でふと目が覚めた。

窓から眩《まばゆ》い日の光が射しこんでいる。枕もとの時計を見やると、もうすぐ昼になるところだ。

「うんっ……」

哲平はベッドに横たわったまま伸びをした。全身が筋肉痛になっており、瞬時に昨夜の光景が脳裏によみがえった。

思いがけず柏木家の蔵で童貞を卒業した。

布袋をかぶった、どこの誰かもわからない女とセックスしたのだ。なぜか異常なほど昂り、欲望を抑えることができなかった。夢中になって腰を振り、大量の精液を膣のなかにぶちまけた。

(俺は、なんてことを……)

縛られている女性をバックから犯してしまった。

胸のうちに罪悪感がひろがっている。本当にあんなことをしてよかったのだろうか。思い悩む一方で、癖になりそうなほど興奮したのも事実だった。

「また来るがよい。いつでも歓迎するぞ」

孝造に声をかけられて我に返り、怖くなって逃げ帰った。そして、自室のベッドで毛布にくるまっているうち、いつの間にか眠りに落ちたのだ。

一階では、まだ呼び鈴が鳴っている。

正月休みが終わり、両親は今日から仕事のはずだ。姉も今日は自宅に帰ると言っていた。哲平は仕方なく毛布から這い出て玄関に向かった。

「遊びに来たよ」

ドアを開けると、そこには幼なじみの麻友が満面の笑みを浮かべて立っていた。

「お、おう……」

哲平は懸命に平静を装うが、昨夜のことが頭から離れず、頬がひきつるのを抑えられなかった。

第二章　背信

1

「ねえねえ、てっちゃん」

夏川麻友がはしゃいだ感じで話しかけてきた。

麻友はポニーテールが似合う幼なじみだ。高校卒業後も実家暮らしで、街にあるファミリーレストランでウエートレスのアルバイトをしている。

「こうして部屋で遊ぶの、すっごい久しぶりだね」

麻友はそう言いながら、ベッドに腰をおろした。

赤いチェックのミニスカートがずりあがり、白くてむちっとした太腿がつけ根近くまで露出する。ストッキングを穿《は》いていない生脚が艶めかしい。臑《すね》には無駄毛がいっさいなくツルリとしており、ほっそりしたふくらはぎが柔らかな曲線を描いていた。

自室でかわいい幼なじみとふたりきりだ。両親は共働きで、姉も今朝早く帰った。つまり、今この家にいるのは自分たちだけだ。それなのに、哲平は勉机の椅子に座り、まったく別のことを考えていた。

「なんか懐かしいね」

「ああ……」

麻友が話しかけてくるが、哲平は上の空だ。

昨夜、隣家での出来事が忘れられない。蠟燭が灯《とも》るなか、頭に布袋をかぶせられた女が吊られていたのだ。しかも、女は一糸纏《まと》わぬ姿だった。重たげに揺れる乳房も股間に茂る陰毛も露になっていた。

そして、孝造が七十三歳とは思えない精力で女を犯してよがり泣かせた。それだけではなく、のぞいていた哲平を蔵に招き入れたのだ。

(俺は、どこの誰かもわからない女と……)

衝撃的な初体験だった。

女は布袋をかぶっていたので顔はわからない。哲平は夢中で腰を振り、膣の奥深くに射精した。見ず知らずの女にザーメンを注ぎこんだのだ。我に返ると怖くなり、興奮と罪悪感を抱えて夜道を逃げ帰った。

昨夜は隠微な雰囲気に呑まれて挿入したが、今は不安でならない。彼女は縛られていたのだ。あんなことをして大丈夫だったのだろうか。

（あの人、誰だったんだ……）

哲平は思わず首をかしげた。

孝造の知り合いらしいが、どう考えても普通の関係ではない。そもそも孝造は何者なのだろう。家は隣なのに詳しいことを知らない。思い返すと、村人たちは昔から孝造を特別扱いしていた。子供のころは、妻を亡くして孤独な老人に気を使っているのだと思った。

しかし、村の女性たちが柏木家を頻繁に訪れているのを知り、違和感を抱いた。なにしろ隣の家なので、女性が出入りするのが窓から見えるのだ。不思議に思って親に尋ねると、家事の手伝いをしているとのことだった。

昔はそれで納得したが、今にして思うと女性がひとりで訪問するのはおかしい気がする。老人とはいえ、孝造は男だ。しかも、深夜のこともめずらしくなかった。

「ねえ、わたしの話、全然聞いてなかったでしょ」

麻友のむっとした声で我に返った。

「ご、ごめん」

哲平は慌てて謝るが、そんなことで幼なじみの機嫌は直らない。麻友は頰をぷっくりふくらませると、両脚をバタバタさせた。

「もう、せっかく遊びに来てあげたのに」

すぐに感情を露にするところは、昔から変わらない。小さいころから兄妹のように接してきたせいか、麻友は哲平の前だとわがままだった。

「そういうところ、ほんと変わらな――」

哲平は笑い飛ばそうとして黙りこんだ。ミニスカートの裾からのぞいている太腿が目に入ったのだ。

慌てて視線をそらすと、今度はセーターの胸もとが気になった。クリーム色のハイネックのセーターは、身体にフィットするデザインだ。曲線が生々しく浮かびあがり、乳房のまるみがはっきりわかった。

（お、大きいな……）

いつの間にこれほど成長したのだろう。

天真爛漫《てんしんらんまん》だった幼なじみが、急に大人の女性になったようでとまどった。よくよく考えれば、麻友はもう二十歳だ。裏山でカブトムシを捕っていたころとは違って当然だ。

(そうか……そうだよな)

妹のようにかわいいと思っていたが、恋人がいてもおかしくない。もう無邪気に接する年ではなくなっていた。

それにしても、しばらく帰らない間に村がずいぶん変わってしまった気がする。もともと、この村はなにかがおかしいと感じていた。今にして思うと、そこはかとなく漂う淫靡な空気に違和感を覚えていたのかもしれない。それがさらに濃くなったと感じていた。

もしかしたら、孝造が関係しているのではないか。昨夜の出来事を思い返すと、そんな気がしてならなかった。

「そういえば、柏木の爺さんって昔から謎だよね」

哲平はさりげなさを装って切り出した。

ずっと村にいた麻友なら、なにか知っているかもしれない。そう思って尋ねたのだが、麻友は視線をすっとそらした。

「そうかな……」

表情が曇ったように見えたのは気のせいだろうか。頬が微かにこわばり、なにやら落ち着かない感じでポニーテールをいじりはじめた。

「だってさ、村の女の人たちが身のまわりの世話をしてるみたいだけど、それってヘンじゃないかな」

「どうして孝造さんのことなんて聞くの」

麻友がつぶやいた瞬間、哲平は思わず眉根《まゆね》を寄せた。

あの気むずかしい年寄りのことを、麻友が「孝造さん」と呼んだことに衝撃を受けた。子供たちはみんな「柏木の爺さん」と言っていたし、もちろん麻友もそうだった。大人になって呼び方が変わったとしてもおかしくはないが「孝造さん」と親しげに呼ぶのは違和感しかない。

（なんか、おかしくないか）

彼女も孝造に気を使うようになったのだろうか。やはり哲平が東京に行っている間に、なにかがあったとしか思えない。

「なんとなく気になってさ……ほら、お隣さんだし」

哲平は動揺をごまかして話しつづける。麻友はなにかを隠しているのではないか。そんな疑念が胸のうちにひろがっていた。

「仕事はしてないみたいだけど、なんかやけにお金がありそうだよね」

柏木家は昔から土地を村人たちに安く貸していることは知っていた。この村を開拓したときに指揮をとったのが孝造の先祖だったため、その関係で土地を多く所有することになったと聞いている。

「孝造さんのお爺さんが、お金持ちだったんでしょ」

麻友がそっけなくつぶやいた。

確かに巨額の資産があり、今はそれを運用しているという話だ。そのため余裕のある生活が送れるらしい。でも、なにか釈然としない。

「なんで再婚しなかったのかな。お金持ちなら相手はいくらでもいるだろ。村の人たちが家事の手伝いをするっていうのは、やっぱりおかしいよ」

もっと深いことを知りたくて、ついまくしたてるような口調になった。

「村の人たちは、みんなやさしいから……」

麻友は当たり障りのないことしか言わない。それがなおさら疑念を深めていく。孝造は疎まれている感じがするが、表立って悪口を言う者はいない。土地と金を持っているから、誰も逆らうことができないのではないか。

「みんな、柏木の爺さんを怖がってるんじゃ――」

「てっちゃん」

麻友は哲平の言葉を遮ると、なぜか急に手招きした。

「こっちに来てよ。昔は並んで座ったでしょ。もしかして恥ずかしいの」

「なっ……は、恥ずかしいわけないだろ」

挑発的な言葉を投げかけられて、反射的に言い返す。

孝造のことは気になるが、麻友のひと言で成長した身体に目が向いた。強がってみせても、大人になった幼なじみが眩しくてならない。

「じゃあ、ここに座って」

麻友はベッドに腰かけたまま、自分の隣をポンポンと軽くたたいた。

（マ、マジか……）

心臓の鼓動が一気に速くなった。

ミニスカートから露出している太腿と、セーターに浮かんでいる乳房のまるみが気になってしまう。だが、意識しているのを悟られたくない。哲平は平静を装って立ちあがると、彼女の隣に移動した。

2

「なんか、子供のころに戻ったみたいだね」

麻友が満面の笑みを浮かべて、いきなり哲平の腕に抱きついた。

「お、おい、なにやってんだよ」

肘《ひじ》が乳房のふくらみにめりこんでいる。セーターごしとはいえ、柔らかさがはっきり伝わった。

「いいじゃん。だって懐かしいんだもん」

純真そうな笑顔を向けられると強く拒めない。淫らなことを考えている自分のほうが、うしろめたい気持ちになってしまう。

「昔はよくこうしてくっついてたよね」

「まったく、もう子供じゃないんだぞ」

哲平は作り笑顔を浮かべるが、内心焦っていた。

肘が触れている乳房だけではなく、剝き出しの太腿がスウェットパンツに密着しているのも気になった。黒髪から漂ってくるシャンプーの甘い香りも、牡《おす》の本能を煽り立てる。一度でも意識するとどうにもならず、ついにはペニスがむくむくと頭をもたげはじめた。

（ま、まずい……これはまずいぞ）

勃起がばれたら気まずくなる。

早く離れなくてはと思うが、無邪気にはしゃぐ麻友を突き放すこともできない。逡巡《しゅんじゅん》している間に男根は芯《しん》を通して、完全に屹立してしまった。

「あっ……」

ふいに麻友が小さな声をあげた。視線は哲平の股間に向いている。スウェットパンツの布地があからさまにふくらみ、勃起しているのは明らかだ。

「こ、これは……な、なんか急に……」

兄妹のように仲がよかった幼なじみに、性的な興奮を覚えたことを知られたくない。ごまかそうとするが、言いわけが思いつかず、しどろもどろになった挙げ句、観念して黙りこんだ。

「もしかして、わたしがくっついたから……」

麻友に図星を指されて、顔が燃えるように熱くなる。もう言い逃れできないと悟り、哲平はがっくり頭を垂れた。

「ご、ごめん……」

なんとか謝罪の言葉を絞り出す。もう無理かもしれないが、良好な関係を壊したくない。すると、彼女はふっと力を抜いたように微笑《ほほえ》んだ。

「謝らなくてもいいよ。だって……」

麻友が腕に抱きついたまま、片手をすっと股間に伸ばしてくる。そして、スウェットパンツのふくらみに、手のひらをそっと重ねた。

「ううっ」

思わず小さな声が漏れて、全身の筋肉が硬直する。

軽く触れられただけで痺《しび》れるような快感がひろがった。なにが起こったのか理解できない。麻友が勃起したペニスを布地ごしにさすっているのだ。まさか幼なじみがこんなことをするとは思いもしなかった。

「わたしで興奮してくれたんでしょ」

上目遣いに見つめられて、哲平はたまらず体を小刻みに震わせた。

「ちょ、ちょっと……」

「てっちゃんのここ、こんなに硬くなってるよ」

硬いふくらみをゆったり撫でつつ、乳房を腕に押しつける。そうしながら、動揺する哲平の顔を楽しげに見つめていた。

「ねえ、教えて。どうして硬くなっちゃったの」

「そ、それは……麻友ちゃんが……」

「わたしが、なあに」

ほっそりした指を曲げて、スウェットの上から太幹に巻きつける。軽くつかまれただけだが、それでも震えるような快感が湧《わ》きあがった。

「ねえ、てっちゃん、教えてよ」

「ま、麻友ちゃんが……く、くっつくから……」

鼻息を荒らげながら言葉を絞り出す。

羞恥で全身が熱くなっている。ペニスはますます硬くなり、先端から溢れた我慢汁がボクサーブリーフの裏地に染みこんだ。

「わたしがくっついたから興奮しちゃったのかな」

麻友が執拗に尋ねてくるが、もうまともに答える余裕はない。ガクガクうなずくと、彼女はうれしそうに目を細めた。

「じゃあ、もっと興奮させてあげる」

そう言うなり肩を押されて、哲平はベッドの上で仰向《あおむ》けになる。麻友もベッドにあがり、スウェットパンツのウエストに指をかけた。

「ちょっ……な、なにしてるの」

哲平の声は無視されて、スウェットパンツとボクサーブリーフが一気に引きさげられる。とたんに勃起したペニスが勢いよく跳ねあがった。

「ああっ、すごい」

麻友が目を見開いて息を呑んだ。

そそり勃った肉柱をまじまじと見つめられて、激しく動揺してしまう。手で覆い隠したいが、それはそれで恥ずかしい。困惑している間に、服をすべて脱がされてしまった。

（まさか、麻友ちゃんが……）

清純だった幼なじみが、こんなことをするとは信じられない。しばらく会わなかった間に、いったい彼女の身になにがあったのだろうか。

「あんまり見ないでね」

麻友は腕を交差させてセーターの裾をつまんだ。

ゆっくりまくりあげて頭から抜き取ると、純白レースのブラジャーが露になる。カップで覆われた乳房が寄せられて、見事な白い谷間を作っている。窓から射しこむ昼の陽光に照らされて、滑らかな肌が眩く輝いていた。

「な、なにを……」

極度の緊張で声がかすれてしまう。それでもペニスはますます硬くなり、先端から透明な汁が滲《にじ》み出した。

「そんなに見られたら、恥ずかしいよ」

麻友は唇をとがらせるが、どこかうれしそうだ。

ミニスカートもおろして取り去り、純白のパンティが露出する。薄い布地が恥丘のふくらみにぴったり貼《は》りついていた。さらに麻友は両手を背中にまわしてブラジャーのホックをはずす。とたんにカップが弾け飛び、張りのある乳房がプルルンッとまろび出た。

（こ、これが、麻友ちゃんの……）

哲平は思わず生唾を飲みこんだ。

幼いころ、川で水遊びをしたときに麻友の乳房を見たことがある。当時はまな板のようだったが、今は驚くほど大きく成長していた。双乳は柔らかそうに揺れており、先端では淡いピンク色の乳首が息づいていた。

麻友は膝立ちの姿勢で、パンティをじりじりとおろしていく。徐々に露になる恥丘には、陰毛がうっすらとしか生えていない。白い地肌が透けており、縦に走る溝まではっきりわかった。

（おおっ……）

哲平は思わず前のめりになった。

幼なじみが一糸纏わぬ姿になっている。大きな乳房に細く締まった腰、そして陰毛がわずかにそよぐ恥丘まで露出しているのだ。妹のように思っていた麻友が、すでに大人の女であることを実感した。

「恥ずかしいけど、うれしいよ。てっちゃんが興奮してくれて……」

麻友は照れたように言うと、太幹にほっそりした指を巻きつける。我慢汁を全体に塗り伸ばしながら、ヌルヌルと擦りあげた。

「ううっ……」

たまらず哲平が呻くと、彼女は微笑を浮かべて股間にまたがる。足の裏をシーツにつけて、和式便所でしゃがむような格好だ。そのとき、濡れそぼったミルキーピンクの女陰がチラリと見えた。

「ちょっ、ま、まさか――くううッ！」

哲平の声は途中で途切れてしまう。屹立したペニスの切っ先が、陰唇の狭間に呑みこまれたのだ。

（は、入ってる……麻友ちゃんのなかに……）

首を持ちあげて股間を見ると、己のペニスが膣口に突き刺さっている。

麻友が腰を落としたことで、亀頭が蕩けた膣口にはまり、愛蜜で潤った無数の襞がからみついていた。

（こんなことが……おおッ、おおおッ）

かつてない興奮が腹の底から湧きあがる。

人生二度目のセックスの相手が、物心ついたころから遊んでいた幼なじみになるとは思いもしない。清純だと思っていた彼女が、すでに処女を捨てていたことにも驚かされる。しかも、自分から積極的にまたがって挿入するとは、幼なじみに抱いていたイメージが根底から覆された。

「ああっ……わたし、てっちゃんと……」

麻友のせつなげな声が聞こえる。

彼女がさらに腰を落としたことで、男根がズブズブと沈んでいく。亀頭が媚肉をかきわけて、深く深く侵入していくのがわかった。

「おうぅッ、す、すごいっ」

ペニスが根元まで収まり、膣道が思いきり収縮する。膣口が太幹のつけ根に食いこみ、濡れ襞が砲身の表面を這いまわった。

「はああっ、お、大きい」

麻友が濡れた瞳で見おろし、甘い声を振りまいた。

「ど、どうして、こんなこと……」

たっぷりの蜜を湛《たた》えた女壺が、ペニスをやさしく包みこんでいる。哲平が快楽にまみれながらつぶやくと、彼女は淋しげな笑みを浮かべた。

「わたし、ずっと、てっちゃんのこと……」

途中で言葉を濁したが、それは告白にほかならない。まさか彼女に想われていたとは、夢にも思わなかった。

(俺のことを……ウソだろ)

じつは哲平も麻友が好きだった。

彼女とのセックスを想像して自慰に耽《ふけ》ったこともある。だが、幼なじみとの関係が壊れるのを恐れて、恋愛感情を無理やり抑えこんでいたのだ。それなのに、今まさにふたりはセックスしている。股間を見やればペニスが根元まで突き刺さり、互いの陰毛がシャリシャリと擦れ合っていた。

「でも、てっちゃんとひとつになれたから、わたしはこれだけで満足だよ」

麻友はそう言って、腰をゆっくりまわしはじめる。哲平の股間に座り、まるで男根と膣をなじませるような動きだ。

「くうッ、ちょ、ちょっと……」

「てっちゃんの、すごく硬くて大きい……ああンっ」

麻友はうっとりとつぶやき、口もとに妖しげな笑みを浮かべる。

余裕のある表情から察するに、かなりの経験を積んでいるようだ。やがて腰の動きが円運動から上下動に変化する。尻を弾ませることで、屹立したペニスが媚肉でやさしく擦りあげられて、瞬く間に快感が湧きあがった。

「くおおッ、き、気持ちいい」

「うれしい……わたしも気持ちいいよ」

麻友が目を細めてつぶやき、両手を胸板について少し前かがみになる。そして、指先で哲平の乳首をいじりながら、腰の動きを加速させた。

「あンっ……あンっ……」

唇から漏れる声は愛らしいが、彼女の動きは卑猥《ひわい》なことこの上ない。膝を大きく開いてまたがり、尻を激しく上下させているのだ。しかも前かがみになっているため、乳房がタプタプ揺れていた。

（あ、あの麻友ちゃんが、こんなことを……）

虫捕りや魚釣りをして遊んでいた麻友が、今は喘ぎ声を振りまいて腰を振っている。男根をずっぷり呑みこみ、貪欲《どんよく》に快楽を貪《むさ》っていた。いったい誰に教わったのだろう。初体験の相手は誰なのだろう。様々な疑問が浮かぶが、麻友が腰の動きを速めたことで思考が霧散した。

「おおおッ、す、すごいっ」

瑞々《みずみず》しいヒップを打ちおろすたび、パンッ、パンッという乾いた音が響きわたる。そそり勃った肉柱を女壺でしごきあげられて、いよいよ射精欲が限界近くまで盛りあがった。

「あッ……あッ……い、いいっ」

麻友の声も切羽つまる。きっと感じているに違いない。膣道がウネウネと蠢き、ペニスがますます締めつけられた。

「くッ……ううッ」

もう、まともな言葉を発する余裕もないが、先に達するのは格好悪い。なんとか奥歯を食い縛って耐え忍ぶ。そして、彼女のくびれた腰をつかむと、反撃とばかりに真下から股間を突きあげた。

「あううッ、て、てっちゃんっ」

麻友の声が大きくなる。そんな彼女の顔を見つめながら、哲平は連続してペニスを突きこんだ。

「ま、麻友ちゃんっ、くおおおッ」

なんとしても彼女を先に追いあげたい。全身に力をこめて腰を振る。太幹をガンガン打ちこみ、膣のなかをかきまわした。

「ああッ、ダ、ダメっ、あああッ、ダメぇっ」

急激に快感がふくらんでいるのか、麻友が首を左右に振りたくる。ポニーテールが激しく弾み、乳房がさらに大きく波打った。

「おおおッ……おおおおッ」

猛烈なスピードで快感の大波が押し寄せる。哲平は唸り声を発して、全力でペニスをたたきこんだ。

「はあああッ、い、いいっ、も、もうっ」

麻友が腰をよじりながら訴える。膣が思いきり収縮して、太幹をギリギリと締めあげた。

「あああッ、イ、イクッ、あああッ、イクイクううッ！」

ついにアクメの大波がふたりを呑みこんだ。麻友が絶頂を告げながら全身を硬直させる。その直後、まるで感電したように女体がビクビクと痙攣した。

「はうううッ！」

「くおおおッ、で、出るっ、おおおッ、おおおおおッ！」

哲平も膣の奥深くでペニスを脈動させる。亀頭と太幹を揉みくちゃにされる快楽に酔いしれながら、思いきり精液を注ぎこんだ。

（お、俺……麻友ちゃんのなかに……）

幼なじみの膣内で射精していると思うと、快感はより大きくなる。蕩けるような愉悦が全身にひろがり、かつてないほど大量に精液を吐き出した。

麻友が哲平の胸板に倒れこみ、とっさに抱きしめる。波打つ背中をそっと撫でながら、どちらからともなく唇を重ねて舌をからませた。粘膜を擦り合わせて唾液を交換することで、ますます一体感が深まった。

（もし……もし、俺が……）

彼女の気持ちに気づいていたら、ふたりはつき合っていたかもしれない。

熱い口づけを交わしながらも、麻友のはじめての相手が誰なのか気になって仕方なかった。

3

哲平は暗闇のなかで物思いに耽っていた。

ベッドで横になっているが、眠気がまったく襲ってこない。何度も寝返りを打つばかりで、気づくと深夜零時をまわっていた。

(麻友ちゃん、かわいかったな……)

目を閉じると興奮がよみがえり、ペニスが激しく屹立してしまう。

昼間、思いがけず幼なじみの麻友とセックスした。そのあと彼女は照れながら服を身に着けて、そそくさと帰っていった。

まさか麻友が自分に恋愛感情を抱いているとは思いもしなかった。昼間は混乱してなにも言えなかったが、哲平が了承すれば、今からでもつき合えるのかもしれない。だからこそ、彼女は身体を許したのではないか。

(俺と麻友ちゃんが……)

想像するだけで顔がニヤけてしまう。

しかし、哲平は東京の商社に就職が決まっている。交際することになったとしても、遠距離恋愛ということになる。

(いずれは麻友ちゃんを東京に呼び寄せて……)

妄想がどんどんふくらんでいく。

彼女は正社員ではなくアルバイトなので、田舎を離れるのもそれほど抵抗がないかもしれない。新生活に思い馳せるとともに、昼間のセックスを思い出して男根がビンビンに勃起した。

とてもではないが、眠れそうにない。哲平は迷ったすえに体を起こした。

(こうなったら……)

脳裏に浮かんでいるのは、隣家の蔵のことだ。

頭に布袋をかぶせられた女が、梁から吊られていた光景が忘れられない。さすがに今夜はいないと思いつつ、胸のうちで期待がふくらんでいた。

もしかしたら、またセックスできるかもしれない。そんなことを考えるだけで、どうしようもなくペニスが疼《うず》いてしまう。麻友には悪いと思うが、蔵のなかの妖しい光景が脳裏から離れなかった。

哲平はダウンジャケットを着ると、懐中電灯を手にして外に出た。

一月の深夜はさすがに冷える。肩をすくめて月明かりに照らされた夜道を歩き、柏木家の正面へと向かった。この日も門は開け放たれていた。不用心な気もするが、田舎の村ではめずらしいことではない。

母屋の裏手にまわり、白壁の蔵に歩み寄る。

鉄製の観音扉は閉ざされていた。昨夜のことを思い出し、緊張と興奮が胸のうちに湧きあがる。なかに孝造がいるかもしれない。扉に恐るおそる耳を押し当ててみるが、物音ひとつ聞こえなかった。

(今日は誰もいないのか)

それでも、取っ手をつかんで力をこめた。

蝶番がわずかに軋む。扉はゆっくり開き、徐々に蔵のなかが見えてくる。明かりはいっさいなく、吸いこまれそうな暗闇がひろがっていた。

なにも見えないが、昨夜の初体験の記憶が強く残っている。

哲平は持参した懐中電灯で蔵のなかを照らした。壁ぎわに古い木箱がたくさん積んである。中央にスペースができており、昨夜はそこに女性が吊られていた。天井に懐中電灯の光を向けると、太い梁が走っているのが見える。あそこに縄がかけられていたのだ。

そのとき、物音が聞こえて心臓がすくみあがった。母屋のほうから誰かが歩いてくる。哲平は慌てて扉を閉じると、蔵の陰に身を隠した。

やがて、ふたつの影が蔵の前で立ちどまった。

月明かりが逆光になっているため、顔までは確認できない。ひとりはおそらく孝造だろう。そして、もうひとりはポニーテールの女性だ。

（まさか……）

いやな予感がする。

哲平が困惑している間に、ふたりは蔵のなかに入っていった。真実を知るのは恐ろしいが、確認せずにはいられない。逡巡しながらも蔵の正面にまわりこむと、扉を慎重に開いて数ミリの隙間を作った。

息を殺してのぞくと、土間や木箱の上に蠟燭が立ててあり、思いのほか蔵のなかは明るい。中央の開けた場所には木箱がいくつか並べられて、ベッドのようになっていた。その前に立っているふたりの人物を目にして、哲平は思わず息を呑んだ。

自分の目を疑ったが、間違いない。ひとりは孝造で、もうひとりは麻友だ。なぜ彼女がここにいるのだろうか。

(い、いや、そんなはずは……)

哲平は慌てて首を左右に振り、脳裏に浮かんだ考えを打ち消した。

麻友に限ってそんなことはあり得ない。今日の昼間、彼女は哲平に気持ちを打ち明けて、身体を重ねたのだ。そんな麻友がほかの男と密会するなど考えられない。

(じゃあ、なにをやってるんだ……)

胸の奥に疑念がひろがっていく。

深夜零時すぎの蔵で、麻友と孝造はふたりきりになっている。どう考えてもおかしい。昨夜、孝造はここで吊られた女を犯しているのだ。そのことを思い返すと、そこはかとない不安が湧きあがった。

（麻友ちゃん……まさか、違うよな）

哲平は祈るような気持ちで蔵のなかを見つめていた。

そのとき、妖しげな香りが鼻先をふわっとかすめた。昨夜も嗅《か》いだ香草のような匂いが、どうしようもなく不安をかき立てた。

二十歳の麻友と七十三歳の孝造の間に、特別な関係などあるはずがない。そう信じたいが、見つめ合うふたりの目は妖しげな光を帯びていた。

4

「麻友よ、服を脱いで裸になれ」

孝造の嗄れた声が蔵のなかに反響する。その声は、扉の隙間からのぞいている哲平の耳にもはっきり聞こえた。

（麻友ちゃんがそんなこと……）

心のなかで否定した直後、哲平は思わず眉間《みけん》に縦皺を刻みこんだ。

麻友はなぜかいっさい反論せずにコートを脱ぎ、セーターをまくりあげて頭から抜き取る。さらにミニスカートもおろして、身に着けているのは純白のブラジャーとパンティだけになってしまう。脱いだ服は木箱の上に置き、恥ずかしげに頬を染めて立ちつくす。

「なにをしておる。全部脱ぐんだ」

孝造が苛立《いらだ》った声で命じる。

麻友は慌ててブラジャーを取り去り、パンティもおろしていく。やがて幼なじみの白い裸体が、蠟燭の揺れる光に照らし出される。張りのある乳房も、小さくてツンとした尻も、陰毛がわずかしか生えていない恥丘も、すべてが剝き出しになった。

(どうして、柏木の爺さんの前で……)

なにが起こっているのか理解できず、思わず拳《こぶし》を握りしめた。

麻友は自分に好意を寄せている。それなのに、なぜ孝造の前で裸になったのだろうか。もしかしたら、弱みを握られて脅されているのではないか。

(それなら助けないと……)

哲平は奥歯を強く嚙《か》みしめた。

孝造のおかげで童貞を卒業できたのは事実だ。しかし、放《ほう》っておけば昨夜の女性のように麻友が弄《もてあそ》ばれてしまう。意を決して扉を開けようとしたとき、孝造が両手を伸ばして麻友の乳房をわしづかみにした。

「ああンっ」

女体にビクンッと震えが走り、麻友の唇から甘い声が溢れ出す。

柔肉がひしゃげて皺だらけの指がめりこんでいる。無遠慮に揉みあげただけなのに、麻友はくびれた腰を艶めかしくよじった。

(な、なんだ……)

哲平は思わず固まってしまう。麻友はいっさい抵抗しないばかりか、まるで感じているような声をあげた。

「わかっておるぞ。これが好きなんだろう」

孝造の勝ち誇ったような言い方が鼻につく。

だが、麻友はせつなげな表情を浮かべて、膝をガクガク震わせている。感じているようにしか見えない。こうなると飛びこむのも躊躇してしまう。哲平は信じられない思いで立ちつくしていた。

「あっ……あンっ」

乳房を揉まれるたび、麻友の甘い声が蔵のなかに反響する。

「ほれ、もう硬くなってきたぞ」

孝造は指の間に乳首を挟み、ねちっこく双つの乳房をこねまわす。

乳首は充血してぷっくりふくらんでいる。蠟燭の揺れる光が、信じられない光景をしっかり照らし出していた。

「わしの魔羅がほしくなったのか」

孝造は着物の前をはだけさせると、白い褌に包まれた股間を見せつける。布地が大きく盛りあがり、すでに勃起しているのがはっきりわかった。

「そ、そんなこと……」

麻友は声を震わせるだけで、本気でいやがっていない。孝造の股間を見つめて、内腿をもじもじと擦り合わせた。

「今さら遠慮せんでよい。どれ、見せてみろ」

そう言うなり、孝造は麻友の前でしゃがみこむ。そして、閉じ合わせている膝を強引に開かせた。

「こんなに濡らしおって……むむっ」

股間をのぞきこんだ孝造が低く唸る。横顔が険しくなり、鋭い目つきで麻友を見あげた。

「誰かと情を交わしおったな」

驚きのひと言だった。

確かに昼間、麻友は哲平とセックスしている。だが、女性器をひと目見ただけで、誰かのペニスを受け入れたことがわかるというのだろうか。

(ど、どうなってるんだ……)

哲平は思わず頬をひきつらせた。

ますます孝造のことがわからなくなる。昔から謎が多かったが、いったい何者なのだろうか。とにかく、普通の人間とは違っている。

「そこに寝て脚を開け」

孝造が命じると、麻友はいっさい抗うことなく、並べられた木箱の上で仰向けになる。脱いだ服がシーツ代わりになっていた。

「は、恥ずかしいです」

そう言いながら、麻友は両膝を立てるとおずおず開いていく。ちょうど哲平の位置から、M字形に開いた脚と股間がまる見えになる。

「ふむ、陰唇が赤くぽってりしておる。大きな魔羅で突かれたようだな」

「そ、そんなこと……」

麻友は首をゆるゆると左右に振った。

哲平とセックスしたことを隠そうとしている。事情はわからないが、彼女は純愛を健気に守ろうとしているのではないか。

（ま、麻友ちゃん……）

なにが起きているのか、まったく理解できない。哲平はただただ異常な状況に圧倒されていた。

「そうか。言いたくないか」

孝造は近くの木箱から縄を取り出した。

使いこまれて黒っぽく変色した麻縄だ。麻友の右手首を縛り、木箱の横に取りつけられたフックに固定する。左手首と左右の足首にも麻縄をかけて、四肢を引き伸ばす形で縛りつけた。これで麻友の瑞々しい身体は、大の字に拘束されてしまった。

「ああっ……」

麻友は小さな声を漏らすだけで抵抗しない。悲しげに首を左右に振るが、孝造を見あげる瞳には媚びるような光が宿っていた。

「まぐわった相手は誰だ」

孝造が思いのほか穏やかな声で質問する。

しかし、手には木箱から取り出した妖しげな物体が握られていた。木製の棒状で、表面は磨きこまれて黒光りしている。こけしに似ているが、先端がぶっくり大きく、全体的に反っていた。もしかしたら「張形」というものではないか。女性を悦ばせるための、男根を模した木製の淫具だ。

(まさか、あんなものを麻友ちゃんに……)

哲平は眉根を寄せるが、孝造の迫力に気圧《けお》されて身動きできない。

「いつまで黙っていられるか見ものだな。じっくり聞き出してやる」

孝造は張形に透明なローションを塗りつけると、先端を麻友の淫裂に押し当てる。そして、割れ目をじっくり撫ではじめた。

「あっ……い、いやです」

麻友は身をよじるが、ぎっちり拘束されているのでほとんど動けない。唇からはすぐに甘い声が漏れて、平らな下腹部が艶めかしく波打った。

「ンっ……やっ……はンンっ」

ローションのぬめりが快感を生み出しているのかもしれない。大きくひろげられた内腿が、張形の動きに合わせて小刻みにヒクヒクと震え出す。

「わしの許可なく、誰の魔羅を咥えこんだのだ」

孝造は張形の先端で女陰をねちねちなぞりながら、片頬に薄笑いを浮かべて尋問する。ただ聞き出すだけではなく、この状況を楽しんでいるようだ。

「ほれほれ、言えばとどめを刺してやるぞ」

「あっ……あっ……」

張形の先端を浅く膣口に埋めこまれて、麻友の腰が妖しくうねる。孝造が張形を軽く揺すれば、クチュッ、ニチュッという湿った音が響きわたった。

「あンンっ、ゆ、許してください」

「ほう、なかなか強情だな。わしが女にしてやったことを忘れたのか」

孝造の口から衝撃的な台詞が放たれた。

（まさか、麻友ちゃんのはじめての男って……）

哲平は自分の耳を疑った。しかし、目の前の光景を考えれば、あり得ない話ではない。

「さて、いつまで耐えられるかな」

孝造はそう言うと、張形を女壺にズブズブと押しこんでいく。だが、動きはあくまでもスローペースで、わざと弱い刺激しか与えない。

「あっ……あっ……ダ、ダメです、ああっ」

麻友は焦れたように腰を揺する。しかし、四肢を引き伸ばす形で縛られているので、自ら快楽を貪ることはできない。今にも泣き出しそうな顔になり、不自由な女体をよじらせた。

「あっ、い、いやっ、あンンっ……こ、孝造さん」

麻友が媚びた声で呼びかける。

張形をじりじり押しこまれては、カタツムリが這うような速度で引き出される。中途半端な快感だけを与えられて、イクにイケない状態だ。張形が刺さった膣口から、愛蜜が次から次へと溢れていた。

「誰とやったのか言うのだ。そうすれば、たっぷりイカせてやるぞ」

孝造は飽きることなく、張形で膣をかきまわしている。じっくり責め嬲ることで興奮するらしく、褌に我慢汁の染みがひろがっていた。

「わしが揉んでやったから、おっぱいもこんなに大きくなったんだぞ」

張形で女壺をかきまぜながら、片手を伸ばして乳房を揉みあげる。乳首を摘まんで転がせば、女体がガクガクと震えはじめた。

「あううッ、も、もう……もうダメぇっ」

「言わんかっ。誰とまぐわったのだ」

張形が抜け落ちる寸前まで後退させて、亀頭部分だけで浅瀬を刺激する。絶頂が目の前まで迫っている。だが、決してイカせてもらえない。悪魔的な焦らし責めに耐えかねて、麻友は大粒の涙をこぼしはじめた。

「も、もう……もう許してください……あぁッ……て、てっちゃんです」

懸命に耐えてきた麻友の唇から、ついに哲平の名前が告げられる。つぶやいた直後、麻友はわっと声をあげて号泣した。

「ほう……麻友の想い人はテツか」

孝造は意外そうな顔をするが、どこか納得もしているらしい。何度もうなずき、ニヤリと笑った。

焦らしに焦らされて白状させられると、麻友は急に弱気になる。尋ねられるまま、哲平が初恋の相手であること、ずっと片想いだったこと、一度でいいから願いを叶《かな》えたくて誘惑したことを洗いざらい告白した。

「勝手なことをしおって。ばれたらどうするつもりだ」

孝造は張形を膣から引き抜き、彼女の両足首を縛っている縄をほどく。そして、着物と褌を脱ぎ捨てて裸になり、屹立した男根を露出させた。

「おまえが咥えてよいのは、わしの魔羅だけだ。それを思い出させてやる」

唸るようにつぶやき、孝造も木箱にあがる。逞しい肉柱の切っ先を女陰にあてがうと、ひと息に根元まで挿入した。

「はあァッ、ま、待ってくださ――あぁあああぁッ！」

焦らし抜かれた女体は、その一撃であっという間に昇りつめていく。麻友は両手を縛られた状態で、女体を思いきり仰け反らせた。

「うぬぬッ、こいつはすごい」

ペニスを締めつけられたのか、孝造は低い声で呻き、さっそく腰を振りはじめる。張りのある乳房を揉みながら、男根をグイグイ出し入れした。

「あうッ、孝造さん、あううッ」

「わしの魔羅はどうだ。ほれ、どうだっ」

「あああッ、い、いいっ、いいですっ、はああッ」

麻友の唇から悩ましい喘ぎ声がほとばしる。白い両脚を孝造の腰に巻きつけると、背中で足首をからませた。

(こんな声、俺のときは……)

哲平は信じられない光景を目の当たりにして、思わず涙ぐんだ。

愛しい幼なじみが、孝造の力強い抽送で感じている。自分とセックスしたときより、悩ましい喘ぎ声をあげていた。

(どうして、柏木の爺さんなんかと……)

敗北感に打ちひしがれながらも、ペニスは勃起してしまう。気づいたときには奥歯をギリギリ嚙みしめて、スウェットごしに太幹をつかんでいた。

「そらそらっ、思いきり昇りつめるがよいっ」

「ああッ、す、すごいですっ、も、もうっ、あああッ」

麻友がよがり泣きを振りまき、股間をググッと突きあげる。それと同時に両脚で男の腰を引きつけた。

「おううッ、出すぞっ、ぬおおおおおッ！」

「ひあああッ、い、いいっ、あひいいいいいッ！」

孝造の唸り声と麻友の裏返った嬌声《きょうせい》が、蔵の空気を震わせる。

ふたりが同時に昇りつめたのは間違いない。股間を密着させた状態で、孝造の痩せ細った体と麻友の瑞々しい身体が痙攣する。

（ま、麻友ちゃん……くうううッ！）

哲平は最悪の瞬間を目にして、ボクサーブリーフのなかで暴発した。

どす黒い快楽が全身を駆けめぐるなか、麻友が処女を捧げたのは孝造だというおぞましい事実を嚙みしめた。

第三章　疑念

1

「ずいぶん眠そうね。遅くまで起きてるからよ」

向かいの席に座った母親の京香が、お茶を飲みながら楽しげに笑う。

息子が久しぶりに帰省して、世話を焼けるのがうれしいらしい。大学卒業後は東京の商社に就職が決まっているので、母親が構いたくなる気持ちもわからなくはなかった。

「洗いものがあるから、早く食べちゃって」

「うん……」

西島哲平はトーストを囓《かじ》って返事をする。だが、頭のなかではまったく別のことを考えていた。

昨夜、麻友が孝造とセックスしていたのだ。しかも、関係は一度や二度ではなく、麻友のはじめての相手も孝造だというから驚きだ。

——勝手なことをしおって。ばれたらどうするつもりだ。

麻友と哲平がセックスしたと知り、孝造は怒った。

あれはどういう意味だったのだろうか。孝造と麻友の関係のことなのか。ほかに秘密があるのか。そもそも、どうして麻友は五十以上も年の離れた孝造に抱かれているのだろうか。なにか弱みを握られているのではと思ったが、麻友は男根を突きこまれて明らかに感じていた。

(麻友ちゃん、なにがあったんだ……)

思わず胸のうちでつぶやく。

疑念は深まっていくばかりだ。とにかく、正月休みに帰省してから、おかしなことばかりが起きていた。

「哲平は昔から寝坊助ね。就職したら、ちゃんと起きられるのかしら」

京香がぶつぶつ言いながら空いた皿をさげる。

この村には仕事がほとんどないので、母親は街のファミリーレストランでパートをしている。そのため、身だしなみには気を使っているようだ。髪をマロンブラウンに染めて、ふんわりとしたパーマをかけていた。

「朝は苦手なんだ。そういえば、俺だけだよね。朝がダメなのって」

両親も姉も朝はすっと起きることができる。父親は毎朝六時起床で、とっくに出勤していた。家族のなかで朝が苦手なのは哲平だけだ。

「早起きできるかどうかって、遺伝じゃないんだね」

「なにバカなこと言ってるの」

京香が呆《あき》れたようにつぶやいて立ちあがる。

「そろそろ行くわね。冷蔵庫に晩ご飯の残りがあるから、お昼に食べなさい」

母親が出かけてひとりになると、家のなかが怖いくらい静かになった。

なにしろ寂れた村なので、昼間でも人通りがほとんどない。車も滅多に通らないため、村全体がシーンと静まり返っている。

また麻友のことを考えてしまう。

哲平より孝造とセックスしたときのほうが感じていた。麻友の反応はショックだったが、孝造の七十三歳とは思えない精力にも驚かされた。

そのとき、呼び鈴が鳴った。

まだ朝八時前だというのに誰だろうか。まるで母親が出かけていったのを見計らったようなタイミングだ。とにかく玄関に向かうと、サンダルを突っかけてドアを開け放った。

「哲平くん、お久しぶりね」

穏やかな笑みを浮かべているのは、向かいの家の市川早智子《いちかわさちこ》だ。ゆるくカールしたダークブラウンの髪が、臙脂《えんじ》色のカーディガンの肩先で柔らかく揺れた。

早智子は街の生まれで、五年前に嫁いできた。当時、高校二年生だった哲平は、都会的な華やかさを纏っていながら貞淑そうな早智子に憧《あこが》れた。確か三十二歳になったはずだが、美しさに磨きがかかっていた。

「どうも、お久しぶりです」

平静を装って挨拶《あいさつ》するが、視線は胸もとに吸い寄せられてしまう。カーディガンの前がはらりと開き、白いブラウスに包まれたふくらみが見えているのだ。大きく張り出しているだけではなく、ブラジャーの精緻《せいち》なレースがうっすら透けていた。さらにはフレアスカートの裾から白い臑がのぞいている。ストッキングを穿いていない生脚にドキリとした。

「これ、作りすぎちゃったから持ってきたの。よかったら食べてね」

早智子が手にしていた鍋の蓋《ふた》を開ける。

「わあ、肉じゃがだ。うまそうですね。ありがとうございます」

鍋を受け取って礼を言う。すると、早智子は顔をまじまじとのぞきこんだ。

「しばらく会わない間に、すっかり大人っぽくなったのね。そうそう、お母さんに聞いたわよ。東京で就職するんですってね」

「え、ええ、まあ……」

唐突に言われて、哲平は思わず言葉を濁した。

東京でやりたいことがあるわけではない。不穏な空気が漂っている村に戻りたくないだけだ。しかし、それを地元の人に言えば角が立ちそうだ。

（そういえば……）

早智子は村の出身ではない。それなら、この村の怪しい空気を感じているのではないか。話してみる価値はある。もしかしたら、なにか知っているかもしれない。

「寒いから、なかに入ってください」

哲平は鍋を下駄箱の上に置き、さりげなさを装って語りかけた。

「ありがとう。気が利くのね」

早智子が玄関に入ると、すぐにドアを閉める。

閉鎖的な村なので、表立って悪く言えない。もし誰かに聞かれたら白い目で見られて、自分だけではなく家族にも迷惑がかかってしまう。

「それにしても、早智子さんがこの村に来て、もう五年も経ったんですね。この暮らしには慣れましたか」

彼女が村のことをどう思っているかわからない。探りを入れながら、少しずつ核心に迫っていく。

「田舎は大変じゃないですか。柏木の爺さんとか、変わった人もいるし」

孝造の話題を出してみる。すると、早智子はなぜか頬をぽっと赤らめた。

「最初は取っつきにくかったけど……孝造さん、いい人よね」

思いも寄らない言葉に困惑する。あの偏屈な爺を見て、変わっていると感じないのだろうか。

そのとき、ふいに昔の記憶がよみがえった。

あれは四年前、高校三年生だった哲平は深夜まで受験勉強をしていた。ふと窓の外を見たとき、隣家を訪れた女性の姿を目撃したのだ。

今にして思うと、月明かりに照らされた横顔は早智子だった気がする。しかし、ほんの一瞬だったので確信はない。

（もし、本当に早智子さんだったら……）

胸の奥にもやもやがひろがっていく。

布袋をかぶせられた女と幼なじみの麻友は、蔵で孝造に抱かれていた。もしかしたら、早智子も孝造と身体の関係を持ったのではないか。つい淫らなことを妄想して、ペニスが頭をもたげそうになる。慌てて妄想を打ち消すが、股間の疼きは消えなかった。

「柏木の爺さんの家、行ったことありますか。俺の部屋からちょうど見えるんです、隣の家に出入りする人が」

顔色をうかがいながら尋ねてみる。すると、唐突な質問に困惑したのか、早智子は視線を泳がせた。

「夜中だと気になるんです。早智子さんの姿も見ましたよ」

思いきって鎌《かま》をかけると、とたんに早智子の顔色が変わった。

「こ、孝造さんは奥さまを亡くされているでしょう。ひとり暮らしだから、いろいろ身のまわりのお手伝いを……」

なにやら言いわけじみて聞こえる。ますます怪しく感じた。

「夜中にお手伝いですか」

「そ、それは……」

早智子は視線をすっとそらす。なにか疚《やま》しいことがある証拠ではないか。

「結婚しているのに、まずくないですか」

秘密を聞き出したくて、追い打ちをかける。どうして孝造の家に出入りすることになったのか、詳しい経緯《いきさつ》を知りたかった。

「ち、違うの、誤解よ」

早智子が必死に訴える。瞳には今にも溢れそうなほど涙がたまっていた。

「なにがあったのか教えてください」

哲平が迫ると、早智子は下唇を小さく嚙み、首をゆるゆると左右に振った。

「お願いだから、誰にも言わないで」

十歳も年上の人妻が、懇願するように見つめている。

やはり、孝造に抱かれていたのではないか。彼女の取り乱した姿を見ていると、そうとしか思えない。

「誰にも言いません。ただ、爺さんのことを知りたいだけなんです」

ついに孝造の秘密がわかるかもしれない。ここぞとばかりに語気を強めて迫ると、早智子は瞳を潤ませて一歩踏み出した。

2

「黙っていてくれたら、なんでもするから」

ふいに早智子が目の前にしゃがみこむ。そして、スウェットパンツの股間に手のひらを重ねた。

「うっ……」

哲平は思わず小さな声を漏らしてあとずさりする。腰が下駄箱にぶつかり、寄りかかる格好になった。

「どうして硬くなっているのかしら」

早智子が手のひらで股間を撫でながら、上目遣いに見あげる。やさしく擦られるだけで、快感が波紋のように全身へとひろがった。

「な、なにを――ううっ」

ペニスがますます硬くなり、ボクサーブリーフのなかで成長していく。亀頭が張りつめて、尿道口から我慢汁が溢れ出した。

「どんどん大きくなってるわ」

早智子は独りごとのようにつぶやき、スウェットごしに太幹を握った。

「くううッ」

体がビクッと反応して、膝がくずおれそうなほど震えはじめる。

淑《しと》やかな人妻が、なぜか股間を愛撫しているのだ。わけがわからず、哲平はただ呻くばかりになっていた。

「わたしが孝造さんの家に行ったこと、誰にも言わないでね」

囁《ささや》くような声だった。

早智子は細い指をスウェットパンツのウエスト部分にかけて、膝までゆっくりおろしていく。露になったグレーのボクサーブリーフには、勃起したペニスの形がくっきり浮かんでいた。

「染みができてるわよ。ほら、ここ」

早智子が指先で亀頭をなぞる。そこには我慢汁の黒い染みができていた。

おそらく口止めのつもりだろう。しかし、哲平は最初から誰かに話すつもりなどない。ただ孝造のことを知りたいだけだ。

「お、俺は、誰にも……」

「哲平くんが本当に黙っていてくれる保証なんてないでしょう。だから、こうするの」

ボクサーブリーフがまくりおろされる。すると、布地で押さえられていたペニスが、勢いよくビイインッと跳ねあがった。

「あンっ、元気なのね」

早智子がつぶやき、男根をまじまじと見つめる。さらには鼻先を亀頭に近づけて、牡の匂いを肺いっぱいに吸いこんだ。そして、目をうっとり細めたかと思うと、我慢汁で濡れた亀頭にチュッと口づけする。

「うッ……さ、早智子さん」

ペニスにキスされるのなどはじめてだ。

思わず腰を引くが、下駄箱に寄りかかっているため逃げ場はない。困惑しているうちに、彼女は押し当てた唇をゆっくり開いていく。柔らかい唇が亀頭の表面を滑り、やがてぱっくり咥えこんだ。

「な、なにを……」

「あふンンっ、大きい」

早智子はくぐもった声でつぶやき、唇をカリ首に密着させる。やさしく締めつけられると、とたんに甘い刺激が押し寄せた。

「くううウッ、す、すごい」

己の股間を見おろせば、人妻がペニスを口に含んでいる。ぽってりと肉厚の唇が、鉄のように硬化した男根に密着しているのだ。

なにが起きているのか理解できない。とにかく、早智子がほんの少し唇を動かすだけで、快感の波が押し寄せる。頭のなかがまっ白になり、全身が小刻みに震え出した。

（こ、これが……フェ、フェラチオ）

心のなかでつぶやくだけで、さらに快感が大きくなる。

いつか経験したいと思っていたことが、今まさに現実となっていた。しかもペニスを咥えているのは、かつて憧れていた人妻だ。信じられないが、柔らかい唇が蕩けるような快楽をもたらしているのは事実だ。

「ンっ……ンンっ」

早智子が顔をゆっくり押しつける。唇が肉棒の表面を滑り、すべてを呑みこんだ。陰毛が彼女の鼻先を撫でて、亀頭が喉奥に到達している。

「ううッ、そ、そんなことされたら……」

哲平は前かがみの格好で、人妻の頭を両手で抱えこんだ。

実家の玄関でフェラチオされている。人妻がペニスを根元まで口に含んでいるのだ。しかも、その状態で舌を亀頭に這わせている。唾液をたっぷり塗りつけて、張り出したカリの周囲を舌先でくすぐられた。

「くッ……ううッ」

鮮烈な快感が突き抜けて、我慢汁がどっと溢れるのがわかる。

体から力が抜けていく。下駄箱に寄りかかっていなければ、その場にくずおれていたに違いない。そんな哲平の反応に気をよくしたのか、早智子はまるで飴玉《あめだま》のように亀頭をしゃぶる。舌をねちっこく這いまわらせては、不意を突くように吸いあげた。

(す、すごい……チ×ポが溶けそうだ)

頭のなかが快楽で埋めつくされていく。

ペニスを舐められるのは、想像していた以上の気持ちよさだ。哲平は身動きが取れなくなり、人妻の頭を抱えこんだ状態で固まった。

「あふっ……むふっ……はふンっ」

早智子が首を振りはじめる。両手は哲平の腰に添えて、唇だけを使ったフェラチオだ。ゆったりと太幹をしゃぶり、甘い刺激を送ってくる。

「き、気持ちいい、ううぅッ」

こらえきれない呻き声が漏れてしまう。人妻の唇が滑るたび、快感がどんどん大きくなる。なにしろ、はじめてのフェラチオだ。瞬く間に射精欲が限界近くまでふくれあがる。

「くううッ、も、もうダメですっ」

たまらず大声で訴える。すると、早智子はやめるどころか、ますます首を激しく振り立てた。

「ンふっ……はむっ……はンンっ」

唇が肉胴の表面を滑ると同時に、舌で亀頭を舐めまわされる。ジュブッ、ジュブッという湿った音も響きわたり、牡の欲望が煽られた。

「ほ、本当に……ううッ、やばいですっ」

懸命の訴えは無視されて、早智子はさらに首振りのスピードをあげてペニスをしゃぶりまわす。やがて快感の大波が轟音《ごうおん》を響かせて押し寄せた。

「さ、早智子さんっ、ぬおおおおッ、で、出ちゃいますっ」

哲平が唸ったのを合図に、早智子はペニスを根元まで咥えこむ。そして、頬がぼっこりくぼむほど猛烈に吸いあげた。

「おおおおッ、で、出るっ、出る出るっ、くおおおおおおッ！」

頭のなかが沸騰して、人妻の口内でペニスがひとまわり大きく膨張する。吸茎されると抗う間もなく、精液が勢いよく噴きあがった。

「はンンンンッ」

早智子も喉奥で呻きながら、男根を猛烈に吸いあげる。その結果、精液が高速で駆け抜けて、通常の射精ではあり得ない快感がひろがった。

3

「ンンっ……すごく濃いわ」

早智子は精液を一滴残らず飲みくだすと、ゆっくり立ちあがる。

なにをするのかと思えば、ブラウスの前をはだけさせて、白いブラジャーのカップを押しさげた。

「な、なにを……」

哲平は両目をカッと見開いた。

絶頂の余韻に浸っている間もなく、人妻が目の前で乳房を剥き出しにしたのだ。大きくて熟れた双つのふくらみの頂点には、自己主張の強い鮮やかなピンク色の乳首が鎮座していた。

さらに早智子はフレアスカートをまくって裾をウエストに挟みこむと、白いパンティをゆっくりおろしはじめる。やがて肉厚の恥丘と、逆三角形に手入れされた陰毛が露になった。

（おっ……おおっ）

射精直後にもかかわらず、ペニスが雄々しく屹立していた。

なぜか帰省してから精力が強くなった気がする。どういうわけか性欲がつきることなく、泉のように湧きあがっていた。

「すごく強いのね」

早智子がペニスを握る。反応を楽しむように哲平の顔を見つめながら、唾液にまみれた太幹をゆるゆるしごいた。

「たくさん出したばっかりなのに、もうビンビンになっているわ」

「だ、だって、そんなに触られたら……」

哲平が言いわけがましくつぶやけば、早智子は目を細めて微かに笑った。

「じゃあ、わたしが責任を取らないといけないわね」

そう言うなり、下駄箱に両手をついて尻を後方に突き出した。少し前かがみになり、背中を軽く反らした格好だ。

「うしろから……お願い」

早智子は片手でスカートをまくりあげると、双臀を剝き出しにする。尻たぶには脂がたっぷり乗り、むちっとして柔らかそうだ。

（うしろからって……）

それはセックスの誘いにほかならない。早智子は立ったままで、うしろから挿入されることを求めている。

哲平は誘惑に逆らえず、彼女の背後にふらふらとまわりこんだ。目の前に人妻の尻がある。肉づきがよくてむっちりしており、中央に魅惑的な臀裂が走っていた。その奥をのぞきたくて仕方がない。哲平は震える両手を伸ばすと、尻たぶにそっとあてがった。

「あンっ」

軽く触れた瞬間、早智子の唇から甘い声が溢れ出す。

人妻の尻たぶは搗《つ》き立ての餅《もち》のように柔らかい。軽く指を曲げるだけで、いとも簡単に沈みこんでいく。じっくり揉んでからわしづかみにすると、臀裂を慎重に割り開いた。

「こ、これは……」

くすんだ色の尻穴があり、その下に鮮やかな紅色の女陰が見える。二枚の花弁はビラビラして、たっぷりの華蜜で濡れ光っていた。

「見てるだけなんて……いや」

早智子は焦れたように腰をよじり、物欲しげな瞳で振り返る。そして、片手を伸ばすと、張りつめたペニスを握りしめた。

「これよ。これが欲しいの」

切実なまでに訴えて、亀頭を女陰に引き寄せる。

先端が膣口に密着するが、今さらながら躊躇してしまう。なにしろ彼女は人妻だ。欲望とともに罪悪感もふくれあがる。

「ほ、本当にいいんですね」

「早く……お願い」

早智子の言葉に勇気をもらい、尻たぶをわしづかみにしたまま亀頭をゆっくり埋めこんだ。

「ああっ、お、大きいっ」

ブラウスとカーディガンを羽織った背中が、弓なりに反り返る。尻をさらに突き出す格好になり、ペニスが奥深く入りこんでいく。

「うぬぬッ」

哲平は慌てて奥歯を食い縛った。

熱い媚肉がウネウネと蠢き、男根を四方八方から揉みくちゃにする。無数の膣襞に包まれて、膣道全体が艶めかしく波打った。

「こ、こんなに……す、すごいです」

「動いて……わたしのなかをかきまわして」

早智子が甘い声で懇願する。くびれた腰を左右によじると、膣に埋めこんだペニスが刺激された。

「くううッ……」

さっそく腰を振りはじめる。男根を後退させると、一気に根元までたたきこむ。亀頭がみっしりつまった媚肉をかきわけて、膣の最深部に到達した。

「はああッ、い、いいっ」

早智子の唇から快楽を告げる声がほとばしる。膣道がうねり、男根を思いきり絞りあげた。

「ううッ……お、俺も気持ちいいです」

腰の動きが自然と速くなってくる。引き出すときはカリで膣壁を擦り、埋めこむときは亀頭を最深部に思いきりぶち当てた。

「ひああッ、そ、そこ、そこがいいのっ」

よほど感じているのか、喘ぎ声が裏返っている。早智子はますます尻を突き出して、さらなるピストンをねだった。

「おおッ……おおおッ」

哲平は唸りながら腰を振りまくる。

人妻の膣は蕩けそうなほど柔らかい。それでいながら締まりは強烈で、男根をしっかり包みこんでいる。ねちっこくからみつく感触がたまらない。自然と抽送が激しくなり、力強くペニスをたたきこんだ。

「あああッ、いいのっ」

喘ぎ声とともに膣が猛烈に収縮する。

思わず股間を見おろせば、ペニスが突き刺さった膣の上で、すぼまった肛門がひくついていた。腰を振りながら、目の前で蠢く肛門が気になって仕方がない。思いきって指を伸ばすと、人妻の尻穴にそっと触れた。

「ひっ……そ、そこはダメ」

女体がビクンッと跳ねるが、本気でいやがっているようには見えない。肛門を撫でれば、膣の締まりが格段に強くなった。

「ひあぁッ、お尻は……あああぁッ」

「ううッ、き、気持ちいいっ」

危うく射精しそうになり、慌てて尻の筋肉に力をこめて耐え忍ぶ。

どうやら、尻穴も感じるようだ。それなら遠慮する必要はない。ピストンスピードをあげながら、肛門の皺を一本いっぽん指先でなぞっていく。すると、女体の悶え方がいっそう大きくなった。

「はあぁッ、い、いいっ、いいのっ」

「お、俺も、くううッ、気持ちいいですっ」

射精欲がふくれあがり、もはや一刻の猶予もならない。哲平は人妻の背中に覆いかぶさると、両手を前にまわして乳房を揉みしだいた。それと同時に腰の動きを加速させて、勢いよくペニスを突きこんでいく。

「おおおッ、早智子さんっ」

「ああッ、ああッ、いいっ、いいっ」

哲平の唸り声と早智子の喘ぎ声が交錯する。ふたりとも達することしか頭にない。玄関で腰を振り合い、ついに絶頂への急坂を昇りはじめた。

「き、気持ちいいっ、お、俺っ、もうっ」

「あああッ、わ、わたしも、はああああッ」

男根を高速で出し入れして、膣のなかをかきまわす。そして、ついには亀頭を最深部にたたきこんだ。

「おおおおッ、で、出るっ、ぬおおおおおおおッ！」

獣のように唸り、またしてもふくれあがった欲望をぶちまける。ペニスが意志を持った生物のように暴れて、先端から粘り気のある精液が噴き出した。

「ひああッ、すごいっ、イクッ、イクイクッ、あぁあああああッ！」

早智子もよがり泣きを振りまき、立ちバックで昇りつめていく。尻たぶに痙攣が走り、根元まで突きこんだペニスを思いきり締めあげた。

「おううッ、き、気持ちいいっ」

媚肉の感触がたまらない。哲平は人妻の背中に覆いかぶさったまま、全身をぶるるっと震わせた。

（やった……早智子さんをイカせたんだ）

心の底から悦びがこみあげる。

早智子を絶頂に追いあげたことで、昨夜、麻友と孝造のセックスを目撃したショックが多少なりとも薄らいだ。

つながったまま絶頂の余韻を堪能《たんのう》していると、遠くから車のエンジン音が近づいてくるのがわかった。そして、車は家のすぐ前で停まった。

「や、やばい、誰か来た」

急いで結合をとき、ボクサーブリーフとスウェットパンツを引きあげる。早智子も慌てて身なりを整えると、乱れた髪を手櫛《てぐし》で直した。

4

「ね、姉ちゃん……」

哲平の頬はひきつり、つぶやく声が震えてしまう。

開け放たれたドアの向こうに、愛梨が立っていた。姉は結婚して街に住んでいる。まさか突然、帰ってくるとは思いもしなかった。

愛梨は怪訝《けげん》そうに眉根を寄せている。玄関に充満している淫臭に気づいたのかもしれない。探るような瞳で、哲平と早智子を交互に見やった。

（ま、まずい……）

哲平は頬がひきつるのを自覚した。

人妻の早智子とセックスしたことがばれたのだろうか。愛梨の唇が動き出すと、哲平は恐ろしくなって目を強く閉じた。

「あら、早智子さん、こんにちは」

拍子抜けするほど普通の声が聞こえた。

恐るおそる目を開けると、愛梨はなにごともなかったように微笑んでいる。

これはこれで不自然だ。なにも気づかないはずがない。

「お裾分けを持ってきたところなのよ。よかったら愛梨ちゃんも食べてね」

早智子も落ち着いた口調で返すと、そのまま出ていった。

ドアが閉まる直前、早智子と愛梨が視線を交わす。なにやら目配せしたように見えたが、気のせいだろうか。

「なにかあったの」

愛梨はドアを閉めて振り返るなり質問する。

「な、なにが……」

顔をまじまじと見つめられて、哲平は言葉につまってしまう。目を合わせると嘘《うそ》がばれそうで、すぐに背中を向けてサンダルを脱いだ。

「なに慌ててるの」

愛梨も家にあがる。口ぶりからして、異変に気づいているようだ。

「なんでもないよ。それより、姉さんのほうこそ、どうしたの」

リビングに入ると、なにか聞かれる前にこちらから質問する。追及されるとボロが出るので、なんとか話題を変えたかった。

「せっかく哲平ちゃんが帰ってきたんだもの。遊びに来たのよ」

愛梨はソファに腰かけると、黒髪をかきあげて哲平の目を見つめる。

（うっ……ね、姉ちゃん）

その瞬間、胸を射貫かれた気がして動けなくなった。

哲平は密《ひそ》かに愛梨のことを想っている。いけないとわかっているが、どうしようもなく惹かれてしまう。東京の大学に進学して離れても、気持ちは抑えられなかった。

「この間も会っただろ」

照れ隠しで、つい憎まれ口をたたいてしまう。言った直後に失敗したと思うが、愛梨は気にするそぶりもなく笑っていた。

「大学を卒業したら、東京で就職するんでしょう。ますます会えなくなっちゃうじゃない。今のうちにかわいい弟の顔をたくさん見ておこうと思って」

「な、なに言ってんだよ」

うれしさと恥ずかしさがこみあげて、顔が燃えるように熱くなった。

「顔が赤いわよ」

愛梨はソファから立ちあがると、哲平に歩み寄って手のひらを額に重ねた。

「お熱があるんじゃないの」

まるで子供を相手にしているような言い方だ。

幼いころ、共働きだった両親に代わって愛梨が世話を焼いてくれた。懐かしく思い出すと同時に、子供扱いされている気がして淋しくなる。愛梨は哲平のことを弟としか思っていない。当たり前だが、一生、弟のままだと思うともどかしい。

「熱なんてないよ」

「でも、顔が赤いわよ。風邪っぽいんじゃない」

「なんでもないって」

つい姉の手を振り払ってしまう。子供扱いされるのが面白くなかった。

「哲平ちゃん……」

愛梨が悲しげな瞳を向ける。とたんに罪悪感がこみあげて、胸の奥が苦しくなった。

「の、喉が渇いたな……」

いたたまれなくなって背中を向ける。哲平がキッチンに向かうと、愛梨は力なくソファに座りこんだ。

こういうとき、素直に謝ることができたらどれほど楽だろう。だが、姉が相手だと、どうしても素直になれなかった。

5

胸がもやもやして、どうしても寝つけない。時計を確認すると深夜零時をすぎていた。

哲平はベッドから身を起こすと、カーテンを開けて窓辺に立った。

夜空に浮かぶ月が思いのほか明るい。麻友と早智子の顔が、脳裏に浮かんでいる。帰省してからわずか三日間で、三人の女性と立てつづけにセックスした。童貞だった哲平にとって、信じられない体験だった。

（どうなってるんだ……）

ただの偶然とは思えない。この村に帰ってきて、普通ではないことが次々と起こっていた。

これまで女性と触れ合う機会などまったくなかった。それなのに、どういうわけか三度も誘われてセックスしたのだ。なにかはわからないが、強大な力が働いている気がしてならない。

窓の外に視線を向ける。月明かりが隣家の瓦ぶきを照らしていた。

あの大きな家に孝造はひとりで住んでいる。村の女性たちが身のまわりの世話をしているようだが、それも妙なことだ。

考えれば考えるほど、なにかあるとしか思えない。孝造には重大な秘密がある。この村に漂う重苦しい雰囲気と関係しているのではないか。あの老人の秘密を知りたくてたまらない。

（あっ……）

そのとき、隣家に入っていく人影が見えた。

ベージュのコートを着た女性が門を潜り、早足で奥へと歩いていく。月光がダークブラウンの髪と、落ち着いた美貌を照らし出した。

（さ、早智子さん……）

見紛《みまが》うはずがない。昼間、深くつながり、腰を振り合ったばかりだ。

昨夜、蔵で目にした光景が脳裏によみがえる。麻友と孝造が身体を重ねていた。思い返すと苛立ちがこみあげる。麻友と交際していたわけではないが、孝造に横取りされたような悔しさが胸のうちにひろがった。

（でも、早智子さんは人妻だぞ）

いやな予感がこみあげる。

驚異的な精力の持ち主である孝造なら、早智子に手を出していてもおかしくない。今夜も蔵で狂宴が繰りひろげられるのかもしれない。

しかし、なにが女性たちを惹きつけているのだろうか。孝造から与えられる快楽だけではなく、ほかにも秘密が隠されているのではないか。この村には謎が多すぎる。

（きっと、あの蔵になにかが……）

昔から抱いていた違和感の正体も、隣家の蔵にある気がしてならない。

逡巡したのは一瞬だけだ。哲平はダウンジャケットを羽織り、部屋をそっと抜け出した。

隣家の敷地に入りこむと、足音を忍ばせて蔵の扉に歩み寄る。鉄製の扉はほんの少しだけ開いており、細い光が漏れていた。

（やっぱり、ここか）

哲平は迷うことなく顔を近づけると、蔵のなかをのぞきこんだ。

あちこちに置かれた蠟燭の炎が、蔵のなかをぼんやり照らしている。中央の開けた場所に、木箱がベッドのように並べられていた。その前に孝造の姿があった。裸で下駄を履いて腕組みをしている。そして、孝造の足もとには、全裸の早智子がひざまずいていた。

「早智子や、わしの魔羅はどうだ」

孝造の嗄れた声が蔵のなかに響きわたった。

「孝造さんの、とても立派です」

早智子がうっとりした声で返答する。命令されたわけでもないのに、孝造の股間に顔を寄せると、男根を深々と咥えこんだ。

（な、なんだ、これは……）

思わず目を見開いて凝視する。

ふたりを真横から眺める角度だ。孝造は痩せた体で仁王立ちしており、早智子はむちむちの女体を惜しげもなくさらしていた。

「ンっ……ンっ……」

早智子が首をゆったり振りはじめる。

肉厚の唇が太幹の表面を滑り、湿った音が聞こえた。唇を出入りする男根が、瞬く間に唾液にまみれて濡れ光った。

「相変わらず、うまそうにしゃぶるじゃないか」

孝造は自分の股間を見おろすと、唇の端に満足げな笑みを浮かべる。

三十二歳の人妻が、夫以外の男根を全裸でしゃぶっているのだ。しかも、深夜の蔵という状況が淫靡な雰囲気に拍車をかけていた。

「はあンっ」

早智子は甘ったるい声を響かせて、積極的に首を振り立てる。孝造の言葉に触発されたらしく、フェラチオに熱が入っていく。

「ああっ、太くて長くて……あふンンっ」

ねじるように首を振り、唇でねちっこく太幹をしごきあげる。大きな乳房がタプタプ揺れるのも卑猥で、哲平は鼻息を荒らげながら凝視した。

「おおっ、よいぞ。わしの好きなやり方を完全に覚えておるな」

「はい。夫より孝造さんのほうが、たくさんおしゃぶりしていますから」

ふたりの会話から少しずつ状況がつかめてきた。

早智子は孝造の感じる部分を把握している。しかも、夫よりも孝造の男根を咥えた回数のほうが多いという。それらの事実を踏まえると、ふたりの関係はずいぶん前からつづいているようだ。

「ここも、お好きなのですよね……ンンっ」

早智子はいったん男根を吐き出して、舌先で裏スジを舐めあげていく。

「ほほう、わかっておるではないか。やはり、おまえの奉仕はたまらんな」

「ありがとうございます……はンンっ」

人妻の舌は根元から先端へと這いあがり、張り出したカリの裏側まで丁寧に舐めまわす。さらには尿道口をチロチロくすぐっては、溢れてくる我慢汁をうまそうにすすり飲んだ。

「おいしい……ああっ、素敵です」

再び亀頭に唇をかぶせると、太幹を根元まで口内に収める。そして、首を左右にねじりながら振りはじめた。まるで男根を味わうようなフェラチオだ。

（あんなに舐めまわして……）

哲平は思わず下唇を嚙みしめた。

自分のときは、これほど念入りではなかった。しかも、早智子は強要されたわけではなく、望んで孝造の男根に奉仕している。

（どうして、あんな爺さんのチ×ポを……）

嫉妬《しっと》にも似た感情が湧きあがる。

ところが、ペニスは痛いくらい勃起して、スウェットパンツの前が大きく盛りあがっている。苛立ちながらも興奮していた。

扉の隙間からは、例によって香草のような匂いが漂っている。不思議に思って首をかしげたとき、ふいに孝造が腰を引いた。

「もうよいぞ」

ゴツゴツした男根が、人妻の唇から抜け落ちる。亀頭と太幹は唾液をたっぷり浴びて、ヌラヌラと黒光りしていた。

孝造は並べた木箱の上で仰向けになる。早智子も慣れた感じで木箱にあがると、孝造の股間をまたいで中腰の姿勢になった。両足の裏をつき、和式便所で用を足すときのような格好だ。

「よし、はじめるがよい」

「失礼いたします」

早智子は右手で太幹をつかむと、亀頭を女陰に誘導する。膝をゆっくり曲げて、腰を落としていく。

「あっ……ああっ」

半開きになった唇から喘ぎ声が溢れ出す。亀頭が女陰の狭間にはまり、膣のなかに沈みこんだ。

「あああッ、孝造さんが入ってきます」

早智子は報告しながら腰を落とし、ついには長大な肉棒をすべて蜜壺のなかに迎え入れた。

「おおっ……やっぱり、おまえの穴はしっくりくるな。わしの魔羅にすっかりなじんでおる」

満足げなため息とともに孝造がつぶやくと、早智子はうれしそうに目を細める。そして、熟れた乳房を揺らしながら、股間を擦りつけるように前後に振りはじめた。

「あンっ……ああンっ」

「なんだ、待ちきれなかったのか」

孝造がからかうように声をかける。両手を伸ばして乳房を揉みあげると、先端で揺れる乳首を指先で転がした。

「あンンっ、い、いいっ」

「すっかり感じやすくなったな。おまえの身体を開発したのは誰だ」

「こ、孝造さんです……あああッ」

乳首は硬くとがり勃ち、ますます感度が鋭くなる。ねちっこく転がされるたび、早智子は甘い声をあげて腰をぶるるっと震わせた。

「ああッ、気持ちいいです」

蠟燭の揺れる炎が、人妻の成熟した身体を照らしている。陰影が濃く出るため、むっちりした女体の曲線が強調されていた。

「も、もう――」

早智子が腰の動きを加速させる。ところが、すかさず孝造が尻たぶをつかんで動きを制した。

「まだ報告を受けていないぞ。ちゃんとテツのところに行ったのか」

「は、はい……い、言われたとおりに」

腰振りを禁じられて、早智子が声を震わせながら報告する。刺激を欲しているのか、自分で乳房をかき抱いて指を食いこませた。

(まさか、爺さんが命令したから……)

哲平は思わず眉根を寄せた。

今朝、早智子がやってきたのは、孝造が命じたことだったらしい。ということは、フェラチオもセックスも、すべて孝造が指示したのだろう。

(でも、どうして、俺を……)

隣人ということ以外、哲平と孝造につながりはない。幼いころにかわいがってもらったわけでもない。

なぜ孝造が自分を構うのか、理由がまったくわからない。哲平は気むずかしい爺さんとしか思っていないが、孝造のほうは特別な感情を持っているようだ。しかし、それがどうしてなのか、まるで見当もつかない。

「あいつとまぐわったのだな」

「ご命令どおりに」

「そうか。よくやった」

孝造が尻たぶから手を放すと、早智子はさっそく腰振りを再開した。

「あっ……あっ……」

今度は前後ではなく、膝の屈伸を使った上下の動きになっている。両手を孝造の腹に置き、脂の乗った尻をリズミカルに弾ませた。

「ああッ、奥まで刺さっています」

「ぬううッ、よいぞ、その調子だ」

孝造が唸り声を漏らして、人妻の乳房を揉みしだく。乳首を摘まめば、彼女の腰の動きが加速した。

「ああッ、そ、それは……あああッ」

「今日はずいぶん締めつけるではないか。テツとまぐわって興奮したのじゃろう」

「そ、そんなこと……」

「正直に言ってみろ」

双つの乳首をギュッと摘まみあげる。すると、女体に小刻みな震えが走り抜けた。

「あううッ、し、しました……哲平くんとセックスして興奮しました」

「この淫乱がっ」

早智子の動きに合わせて、孝造も真下から股間を突きあげる。屹立した肉柱を勢いよくたたきこみ、蜜壺のなかをかきまわした。

「あああッ、孝造さんっ」

女体の悶え方が激しくなる。腰をくねらせて、艶めかしい声を振りまいた。

「これが欲しかったのじゃろう。ほれほれっ」

主導権を握っているのは孝造だ。仰向けの状態で股間をガンガンぶつけている。男根を激しく抽送すれば、湿った蜜音が蔵中に反響した。

「い、いいっ、あああッ、すごいですっ」

早智子が髪を振り乱して喘ぎはじめる。絶頂が近づいているのか、下腹部が妖しげに波打った。

「おううぅッ、魔羅が食いちぎられそうだ」

孝造も呻きながら腰を振る。ドスンッ、ドスンッと肉柱をたたきこみ、女壺を奥の奥までえぐりまわす。

「はああッ、も、もう、あああああッ、もうダメですっ」

「まだだぞ。わしといっしょに昇りつめるのじゃっ」

ふたりは息を合わせて腰を振っている。そして、孝造が思いきり男根を突きあげた直後、ついに絶頂の大波が押し寄せた。

「くおッ、早智子、おまえもだ。おおおッ、ぬおおおおおおおッ！」

「ひあああッ、い、いいっ、あああああッ、イクッ、イクイクううッ！」

孝造が射精すると同時に、早智子も全身をガクガク痙攣させる。背すじを仰け反らせて硬直すると、一拍置いて孝造の胸板にどっと倒れこんだ。

（さ、早智子さんが……）

哲平は息を押し殺して、最後の瞬間まで見届けた。

ペニスが硬くなり、スウェットの股間が破れそうなほどふくらんでいる。思わず布地ごしに太幹を握りしめた。

「テツや――」

ふいに名前を呼ばれてドキリとする。孝造が早智子の裸体を抱きしめたまま、こちらに視線を向けていた。

「そこにおるのはわかっておる。入ってこい」

のぞいていたのがばれていたらしい。哲平は逃げることもできずに全身を凍りつかせた。

第四章　幽閉

1

(ば、ばれてたのか……)

哲平は蔵の外で立ちつくしていた。

息を潜めてのぞいていたのに、いつから気づいていたのだろうか。鉄扉の隙間に片目を押しつけたまま、指一本動かすことができなかった。

時刻は深夜の零時をまわっている。

蔵のなかはあちこちに置かれた蠟燭の炎で照らされている。絶頂の余韻に浸る早智子の白い裸体が、ぼんやり浮かびあがっていた。

早智子の蜜壺には、孝造のペニスが入ったままだ。あの逞しい男根を股間に咥えこんだ状態で、息をハアハアと乱していた。

孝造はなにも言わず、爛々と光る目でこちらを見つめている。扉にはわずかな隙間しか開いていない。外が見えるとは思えないが、そこに哲平がいると確信しているようだ。

「くっ……」

こうなってしまった以上、黙って立ち去れない。

今日の昼間、哲平は早智子と身体の関係を持った。玄関先でフェラチオされて、さらに立ちバックで挿入した。なにかおかしいと思っていたが、あれはすべて孝造が早智子に命令したことだったのだ。

(どうして、柏木の爺さんに従ってるんだ……)

様々な疑問が頭のなかをぐるぐるまわっている。

これ以上、孝造にかかわらないほうがいい。そう思う一方で、好奇心を抑えられずにいる。ただの老人ではない。村人たちは誰も頭があがらないのだ。孝造はいったい何者なのだろうか。

(なにかわかるかもしれない)

哲平は重い鉄製の扉を開くと、思いきって蔵のなかに踏みこんだ。

騎乗位でつながったままのふたりにゆっくり歩み寄る。あたりには香草のような匂いが濃厚に漂っており、哲平は思わず顔をしかめた。

並べられた木箱の前まで来て、早智子の尻をのぞきこんだ。やはり彼女の股間には、孝造の男根が深々と刺さっている。太幹と女陰の隙間から白濁液が溢れるところが、蠟燭の明かりに照らし出されていた。

「どういうことなんですか。早智子さんは結婚してるのに……」

つい責めるような口調になる。しかし、自分も早智子とセックスをしているのだ。口にした直後、ばつが悪くなって黙りこんだ。

「わしが強要したことではない。これは早智子が望んだことだ」

孝造はそう言って口もとに笑みを浮かべる。

人妻と関係を持っておきながら、気にもとめていない。それどころか股間をグイッと突きあげて早智子に同意を求めた。

「ほれ、おまえも黙っていないでなんとか言わんか」

「あンっ……は、はい」

早智子が上半身を起こして、足の裏をつけた騎乗位の体勢になった。たっぷりした乳房と硬く隆起した乳首が露になる。まだ絶頂の余韻に浸っているのか、瞳がねっとり潤んでいた。

「哲平くん、誤解しないでね。わたしは自分の意志で、孝造さんに抱いていただいているの」

にわかには信じられないが、言わされているようにも見えない。早智子は本当に自ら進んで、孝造と関係を持っているのだろうか。

「早智子さんには、旦那さんがいるじゃないですか」

黙っていられず口を挟む。すると、彼女は深刻な表情になり、首を左右にゆるゆると振った。

「夫といっしょにいるには、こうするしかなかったから……」

「どういう意味ですか。これが旦那さんのためだって言うんですかっ」

思わず食ってかかってしまう。

早智子の夫なら昔から知っている。読書好きの穏やかな性格で、子供のころはよく本を貸してくれた。今は街にある小さな商社で働いていると聞いている。

「こうするしかないの……あンンっ」

早智子は小声でつぶやきながら、腰をゆったりまわしている。膣に深く埋まっている男根は、まだ硬さを失っていないようだ。

「どうしてですか。これって不倫ですよ」

「これ、テツ、そんなに責めるでない。早智子が怖がっておるではないか」

孝造が嗄れた声で制する。仰向けの状態で両手を早智子の尻にまわして、男根を媚肉に包まれる快楽を堪能していた。

「おううっ、たまらん。この好き者が。魔羅が休めないではないか」

「ご、ごめんなさい、はあンっ……孝造さんの、すごく立派だから」

目の前に哲平がいるのに、早智子は媚びた瞳で孝造を見おろしている。まるで太幹を味わうように、うっとりした顔で腰をくねらせた。

「なにやってるんですか。こんなこと、旦那さんが知ったら悲しみますよ」

つい声が大きくなってしまう。

旦那のことを持ち出して問いつめるが、苛々している理由はそれだけではない。自分とセックスしたときより、孝造の男根を咥えている今のほうが、はるかに感じているのが面白くなかった。

「ああンっ、仕方ないの。仕事がないから……哲平くんには、まだわからないかもしれないけど、この村で生活していくのは大変なの」

早智子が甘い声とともに語りはじめる。

確かに貧しい村だ。土が悪くて農業に向いていない。山間部で交通の便が悪いため、工場の誘致もことごとく失敗している。冬になると雪に閉ざされるのも、企業が二の足を踏む原因になっていた。

村には仕事が少ないため、ほとんどの人が街へ働きに出ている。だが、村人たちの生活は苦しく、資産家である孝造の助けがあって暮らしている人が多くいるらしい。

「夫の給料だけでは……だから、孝造さんに貸していただいているの」

早智子が腰をゆったりまわしながらつぶやく。ボリュームのある乳房はタプタプ揺れていた。

「まさか、金を貸す条件として、身体を要求されたってことですか」

憤りを覚えて、哲平は思わず口を挟んだ。ところが、彼女は首をゆっくり左右に振った。

「孝造さんは、わたしたち夫婦のために提案してくださったの」

「提案って……」

結局、弱みにつけこんでいるだけではないか。孝造は親切心で金を貸したのではなく、人妻とセックスしたいだけだ。ところが、早智子はまったくいやがらず、腰をねっとり振っている。

「わたしがご奉仕することで、金利をさげてもらっているのよ。孝造さんのおかげで、わたしたちは生活ができているの……ああンっ」

大量の華蜜が溢れているのか、ふたりの股間から湿った音が聞こえた。

こうしている間も、香草のような妖しげな匂いが蔵中に漂っている。頭の芯がジーンと痺れているのは、これを嗅いでいるせいだろうか。

「あっ……あっ……」

早智子が股間をしゃくりあげるように動かしている。孝造の胸板に両手を置き、指先で干からびた乳首をいじりながら腰を振っていた。

「どうして、そこまでして……」

「夫にどうしてもって頼まれて……お義母《かあ》さまも、そうしていたって聞かされたから、それで……」

早智子の夫は村の生まれだ。親から教えこまれていたため、絶対的権力者である孝造に従うことに、いっさい疑いを持っていなかったらしい。

「そんなバカな……」

あまりにも現実離れした話ばかりだ。哲平も村で生まれ育ったが、すべてが初耳だった。

「この村では、柏木家にかしずくことが普通だって、夫とお義母さまが……ああっ」

早智子は喘ぎまじりに語りつづける。

いにしえから多くの家が何代にもわたって柏木家に仕えてきた。連綿とつづく村の歴史だ。村で生まれた者たちは幼いころから刷りこまれるため、それを疑問に思わないという。

（なんだよ、それ……）

哲平は眉間に縦皺を刻んで黙りこむ。

普通は親から村の掟《おきて》を教えこまれるらしい。だが、哲平の両親はなにも言わなかった。

「はじめはとまどったけど、今は心からよかったと思っているの」

当初は夫に頼まれていやいや孝造に抱かれていた。しかし、いつしか気持ちに変化が生じたという。

「孝造さん、すごく強いの。うちの人なんか比べものにならないくらい……ああンっ」

早智子はそう囁いて頬を赤らめた。

(まさか、早智子さん、本当に自分から望んで……)

哲平は言葉を発することすらできなくなる。

夫のために抱かれていたのに、今は孝造の虜《とりこ》になってしまったらしい。夫婦の絆は、精力絶倫の老人によって壊されてしまったのだろうか。

「そんなことを言って、旦那に悪いと思わんのか」

木箱の上で仰向けになっている孝造は、人妻の尻を抱えこんで満足げな笑みを浮かべていた。

「だって孝造さんの、本当にすごいんです」

早智子の腰の動きが加速する。臼《うす》をひくようにまわして、互いの陰毛がシャリシャリ擦れる。結合部分から聞こえる湿った音も大きくなっていく。

「あッ……あッ……」

唇が半開きになり、切れぎれの喘ぎ声がひっきりなしに漏れている。早智子は夫以外のペニスを咥えこみ、夢中になって腰を振っていた。

「ああッ、硬いのが擦れて……あああッ」

人妻が痩せぎすの老人にまたがり、はしたなく肉棒を貪っている。腰をくねらせるたび、大きな乳房が揺れるのも卑猥だ。蠟燭の明かりを横から受けているため、双乳が作る影も大きく揺れていた。

「ああッ、わたし、あああッ、ま、また……」

「もう限界か。よいぞ、気をやるがよい」

孝造の声がきっかけになったらしい。早智子は股間を大きくしゃくりあげた直後、凍りついたように全身を硬直させた。

「はううッ、い、いいっ、あああッ、イ、イクッ、イクうううッ！」

女体に震えが走り抜ける。下肢をM字に開いた淫らな格好で、早智子がアクメに達していく。白い内腿が痙攣して、背すじがググッと反り返った。

「盛大にイキおったのぉ。そんなにわしの魔羅が好きなのか」

孝造は余裕の顔で語りかける。早智子があれほど激しく腰を振ったのに達しないとは、やはり驚異的な精力の持ち主だ。

(な、なにが、どうなってるんだ……)

哲平は呆然と立ちつくしていた。

目の前で起きた光景が信じられない。密かに憧れていた清楚《せいそ》な人妻は、夫以外のペニスで快楽を貪る淫乱な女だった。

2

「早智子や、自分ばっかり楽しんでいないで、テツの相手をしてやらんか」

孝造がニヤつきながら声をかける。

すると、早智子は腰をゆっくり浮かせて結合をといた。黒光りする男根が抜けた数秒後、膣口から透明な華蜜がトローッと滴り落ちる。早智子は呆《ほう》けた顔で木箱からおりると、素足で土間に立った。

「な、なにを……」

哲平の声はかすれていた。

村の秘密を知ったことで頭が混乱している。にわかには信じがたいが、早智子が孝造と何度も身体の関係を持っているのは事実だ。

昔から柏木家に村の女性たちが出入りしていた。長年の謎だったが、あれは孝造に金を借りた人たちが、金利をさげてもらうために身体をささげていたのかもしれない。

「哲平くん……楽しみましょう」

早智子が濡れた瞳で見つめている。

目の前にしゃがみこむと両膝を土間につく。細い指がスウェットパンツにかかり、ボクサーブリーフごと引きさげる。とたんに屹立したペニスが跳ねあがった。

恥ずかしいほどに勃起していた。驚きの連続だったが、しっかり興奮していたらしい。ペニスは鉄棒のように硬直して、亀頭の鈴割れからは透明な汁がジクジク溢れ出していた。

「もう、こんなに……」

早智子がうっとりとつぶやき、上目遣いに見あげる。視線が重なると、唇の端に妖しげな笑みが浮かんだ。

「わたしと孝造さんがセックスしているのを見て、大きくしてくれたのね」

そう言うなり、ペニスの先端をぱっくり咥えこむ。亀頭を口に含み、唇を太幹に密着させると、そのまま根元まで滑らせた。

「はむンンっ」

「ううッ、さ、早智子さんっ」

熱い口腔粘膜《こうくうねんまく》に包まれて、いきなり快感が湧きあがる。早智子は舌を這いまわらせながら、首をゆったり振りはじめた。

「ちょ、ちょっと……ううッ」

すでに屹立しているペニスを、柔らかい舌と唇でねぶられる。人妻の情熱的なフェラチオだ。瞬く間に射精欲がふくれあがり、反射的に尻の筋肉を引き締めた。

「早智子のおしゃぶりは最高じゃろう。わしが一から仕込んだんじゃ」

孝造の自慢げな声が聞こえる。体を起こして下駄を履き、いつの間にか白い褌を締めていた。

（か、柏木の爺さんが……）

哲平は信じられない気持ちで、仁王立ちしている孝造を見やった。

昔から近寄りがたい雰囲気だったが、ようやく理由がわかった気がする。豊富な資金を使って村人たちを掌握してきたのだ。その結果、この村で不動の権力を手にすることになったのだろう。

「あふっ……むふンっ」

早智子がさもうまそうにペニスをしゃぶっている。先走り液が溢れているのに、構うことなくチュウチュウ吸いはじめた。

「くううッ……ま、待ってください」

哲平は慌てて腰を引き、ペニスを彼女の唇から抜き取った。このまま吸茎をつづけられたら間違いなく暴発してしまう。

「あンっ……哲平くん」

早智子が不満げな顔で見あげる。

もしかしたら、精液を飲みたかったのかもしれない。昼間も濃厚にフェラチオされて、早智子の口のなかで射精していた。あのとき、彼女はいっさい躊躇せず、哲平の精液を飲みほしたのだ。

(でも、今は……)

できることなら、フェラチオではなくセックスで達したい。

孝造と交わっている姿を目撃したせいか、異常なほど興奮している。とにかく、己のペニスで早智子を喘がせたい。

(い、いや、ダメだ。そんなことをしたら、爺さんと同じになる)

哲平は首を左右に振り、心のなかで自分に言い聞かせた。

すると、早智子が立ちあがり、すぐ近くから目をじっと見つめる。心のなかをのぞかれた気がして視線をそらすが、邪《よこしま》な気持ちが消えることはない。それどころか、ますます欲望はふくれあがった。

「テツよ、なにを迷っておる」

孝造が嗄れた声で語りかける。褌一丁で腕組みをして立ち、鋭い目を向けていた。

「取り繕っても意味はないぞ。自分の気持ちに嘘をつくでない」

「自分の……き、気持ち……」

「もう、おまえもわかっておるだろう。この蔵は、誰もが自分を解放してよい特別な場所じゃ。ここでは自分を偽ることなく素直になってよいのだ」

孝造の言葉が頭のなかで反響する。

(爺さんの言うことなんか聞いちゃダメだ……)

そう思う一方で、強く惹かれている自分がいる。

誘いに乗れば、極上の快楽を味わえるのではないか。だが、蔵に囚《とら》われてしまいそうで恐ろしい気もする。確かに、この蔵には不思議な魅力があるのも事実だ。

「哲平くん……」

名前を呼ばれてはっとする。

声のほうを見やると、早智子が並べられた木箱に腰かけていた。右足を木箱の縁に乗せあげて、股間をぱっくり開いている。白くてなめらかな内腿と、鮮やかな紅色の陰唇を見せつけていた。

あの早智子が、こんな下品な格好をするとは信じられない。

哲平が憧れていたのは、自ら女性器をさらすような女性ではなかった。軽蔑《けいべつ》しながらも、そんな彼女の痴態から目をそらすことができない。猛烈に惹かれている自分がいた。

「ねえ、いっしょに楽しみましょう。この蔵ではなにをしてもいいのよ」

早智子はそう言うと、右手を股間に伸ばしていく。手のひらで恥丘を覆うようにして、人さし指と中指を陰唇の両側にあてがった。

「ンっ……」

指をそっと逆V字に開くことで、女陰が左右に離れて内側に隠されていた部分が露になる。ショッキングピンクの粘膜がたっぷりの華蜜で濡れそぼり、ヌラヌラと妖しげな光を放っていた。

(おおっ……す、すごい)

思わず前のめりになって凝視する。

すでに早智子は蔵の魔力に囚われているのだ。普通の生活を送っているように見えるが、心は蔵に幽閉されているに違いない。

「テツよ、やるがよい」

またしても孝造の声が静かに響く。背中を押された気分になり、哲平はふらふらと早智子に歩み寄った。

（お、俺は……も、もう……）

セックスしたくてたまらない。挿入することしか考えられない。

膝にからんでいたスウェットパンツとボクサーブリーフを脱ぎ捨てる。上半身も裸になり、目の前で股をひろげている早智子に迫った。

すると、哲平の欲望が伝わったのか、早智子は木箱に座った状態から仰向けになる。両足は木箱の縁から垂れており、土間についたままだ。

「さ、早智子さん……」

興奮のあまり声がうわずってしまう。

彼女の前に立つと、勃起したペニスと膣口の高さがちょうど同じだった。我慢汁にまみれた亀頭の先端を、愛蜜で潤った割れ目に押し当てた。

「あっ……き、来て、哲平くん」

早智子が両手をひろげて誘う。

濡れた瞳で見つめられたら、途中でやめることなど考えられない。軽く体重をかけるだけで、亀頭がヌプリッと沈みこんだ。

「ううッ、は、入った」

「あンっ……大きいわ」

早智子がうっとりした表情で囁いてくれる。

孝造の巨大な男根に慣れていたら、もうほかの人では物足りないだろう。それでも「大きい」と言われると悪い気はせず、哲平はさらに肉棒を押し進めていく。すると、早智子が両脚を腰に巻きつけた。

「もっと、奥まで……」

「こ、こうですか」

根元まで埋めこんで、股間をぴったり密着させる。そうすることで、亀頭が膣道の最深部に到達した。

「はああンっ」

早智子の唇から甘ったるい声が溢れて、腰がぶるるるっと震える。それと同時に、乳房が大きく波打った。

かたわらで孝造が見ているが、もうそんなことは気にならない。両手を伸ばして、ボリューム満点の双乳を揉みあげる。充血したピンク色の乳首を指の股に挟むと、柔肉をねちっこくこねまわす。

「あンンっ……う、動いて」

早智子が両手を伸ばして、哲平の腰に添える。触れるか触れないかのタッチで上下に撫でられると、ゾクゾクするような感覚がひろがった。

「うっ、ううっ」

自然と腰が動き出す。軽く抜き差ししただけだが、やけに感度がアップしており、凄《すさ》まじい快感の波が押し寄せた。

（こ、これは、すごい……）

どうして、こんなにも感じるのだろうか。

昼間も早智子とセックスしたが、今のほうがはるかに高揚している。ほんの少し出し入れしただけで、先走り液がとまらなくなった。

「あぁッ……あぁッ……て、哲平くん」

感度があがっているのは早智子も同じらしい。

喘ぎ声は昼間より大きく、膣の締まり具合も強烈だ。乳房を揉みながら乳首を刺激すれば、さらに甘い声を振りまきはじめた。

「あッ、あッ、い、いいっ、あああッ」

早智子の喘ぎ声が蔵の冷たい空気を震わせる。周囲に立てられている蠟燭の炎が、彼女の声に合わせて妖しげに揺れた。

「くううッ、お、俺も……ううッ」

哲平も呻き声がとまらない。くびれた腰を両手でつかみ、本格的なピストンを開始する。硬化した肉棒を抜き差しして、カリで膣壁を擦りあげた。

「はああッ、そ、それ、すごいっ、あああッ、も、もうダメっ」

「お、俺もですっ、おおおッ、くおおおおッ」

もはや欲望を抑える余裕はない。哲平は昇りつめることしか考えられず、本能にまかせて腰を振り立てた。

「ああッ、あああッ、哲平くんっ」

早智子の声が大きくなり、両手と両脚を哲平の腰に巻きつける。グイッと引き寄せることで、ペニスがより深い場所まで突き刺さった。

「ひあァッ、い、いいッ、ああああッ、イクッ、イクうううッ！」

「ううッ、で、出るっ、出る出るっ、くおおおおおおッ！」

ふたりは同時に絶頂の急坂を昇っていく。早智子が悩ましいアクメの声を響かせれば、哲平も獣のような唸り声を振りまいた。

ペニスが愛蜜でヌルヌル滑る愉悦と、猛烈に絞りあげられる破滅的な快楽が同時に押し寄せる。太幹が激しく脈打ち、精液が勢いよく噴きあがった。人妻の膣内にたっぷり注ぎこむことで、癖になりそうな背徳感が全身へとひろがっていく。

欲望を大量に吐き出して、ようやく結合をといた。ところが、ペニスは雄々しく屹立したままだ。まったく萎《な》える気配がない。

（なんか、おかしくないか……）

哲平は己の股間を見おろして首をかしげた。

性欲は人並みだと思う。特別、人と違うと感じたことはない。しかし、この蔵で童貞を捨ててから、あからさまに精力が強くなっていた。

3

「テツよ。満足したか」

それまで黙って見ていた孝造が口を開いた。

哲平はどう答えるべきか迷ったすえに黙りこんだ。勃起したままのペニスが滑稽《こっけい》だが、興奮状態が持続しており、頭のなかも燃えあがっていた。

「聞くまでもないな。魔羅が猛《たけ》り狂っておるではないか」

孝造はニヤリと笑い、木箱の上でぐったりしている早智子に視線を向けた。

「なかなかよいおなごだろう。早智子がこの村に来たときから、わしがじっくり仕込んだからのぉ」

「それって、まさか……」

聞き流すつもりでいたが、哲平は思わず反応してしまう。

(村に来たときって、結婚したときだよな)

ということは、孝造との関係は結婚当初から現在までつづいていることになる。早智子の従順さを思い返すとあり得ない話ではない。孝造の命令なら、なんでも聞きそうな雰囲気がある。

「今さらなにを驚いておる。旦那よりもわしのほうが、早智子を抱いた回数は多いぞ」

平然と言い放つ孝造が恐ろしい。

哲平は激しい目眩を感じて木箱に手をついた。とんでもない男にかかわってしまった。今すぐ蔵から出たほうがいいと思うが、足がすくんで動けない。孝造の痩せ細った体が、なぜか強大に感じられた。

「おまえもわしと同類じゃ。早智子を抱いて、たっぷり欲望を注ぎこんだんだからのぉ」

「ち、違う……お、俺は……」

罪の意識が胸の奥にひろがっていく。

誘われるまま早智子を抱いたが、彼女には夫がいる。今さらながら、罪悪感が両肩に重くのしかかった。

しかし、心を支配しているのは後悔の念だけではない。頭ではいけないと思いつつ、抑えきれない好奇心が湧きあがる。孝造ならもっと淫らなことを知っているに違いない。その爛《ただ》れた世界をもう少しのぞいてみたい。

「わかるぞ、テツ。おまえの心が手に取るようにな。なにしろ、おまえとわしはそっくりだからのぉ」

「な、なにを言って……」

反発を覚えるが、孝造の言葉が気になって仕方がない。もっと刺激的なことが起こるのではないかと、胸のうちで期待がふくらんでいた。

「おまえはわしに似て絶倫のようだな。どうじゃ、まだ収まらんだろう」

「べ、別に、俺はもう……」

「魔羅をおっ勃てて、なにを照れておる。別の穴も試してみるがよい」

孝造はそう言うと木箱に歩み寄る。哲平は意味がわからず、黙って立ちつくしていた。

「ほれ、早智子、いつまで寝ておるつもりだ。テツが退屈しておるぞ」

「は、はい……すみません」

早智子が気怠《けだる》げに身体を起こして、土間に降り立った。

うしろを向くと、木箱に両手をついて尻を突き出す。裸の人妻が腰を九十度に折り、背中を軽く反らしているのだ。そうすることで、熟れた尻がますます強調された。

（なにがはじまるんだ……）

自然と視線が吸い寄せられる。

ついむっちりした尻を凝視してしまう。ペニスはいきり勃っており、先端から我慢汁が溢れていた。

「まるで白桃のようじゃな。テツ、よく見ろ。これはじつによい尻だぞ」

孝造が満足げにうなずいている。まるで、自分のコレクションを見せびらかすような言い方だ。

「このおなごはうしろの穴も調教ずみだ」

「うしろの穴……」

哲平は意味がわからず首をかしげた。

「わしが時間をかけて開発したのだ。極上の名器に仕上がっておるぞ。好きに使うがよい」

孝造の目が意味深な光を放った。

まさかと思いながら、人妻の臀裂をじっと見つめる。早智子は尻の穴まで犯されてしまったというのだろうか。

「どうやら、まだ尻穴の経験はないようだな」

「あ、あるわけないだろ」

つい声が大きくなってしまう。

初体験すら数日前なのに、アナルセックスの経験などあるはずがない。そもそも尻穴に挿入するなど、考えたこともなかった。

「膣とはまた異なる味わいがあるぞ。やってみたいと思わんか」

「そんなこと……お、俺は……」

否定する声がだんだん小さくなっていく。

正直、まったく興味がないといえば嘘になる。これまで想像したこともなかったが、今からアナルセックスを経験できるかもしれないのだ。そう思うと、抑えきれない好奇心が湧きあがった。

「早智子、テツに手ほどきしてやれ」

孝造が嗄れた声で命令する。偉そうな態度に苛立ちを覚えるが、早智子は尻を突き出したまま、こっくりとうなずいた。

「哲平くん、こっちに来て」

濡れた瞳を向けられると断れない。早智子の声に誘導されて、哲平はふらふらと尻に歩み寄った。

「触っていいのよ」

早智子が尻をゆらゆらと左右に振り、甘い声でうながす。

誘うような口調だが、じつは彼女自身が触られることを望んでいるのではないか。腰をくねらせる姿を見ていると、そんな気がしてならない。

（い、いいのか……）

哲平は迷いながらも手を伸ばした。

むちむちの尻たぶに手のひらをそっと重ねる。柔らかくて、しっとり張りつくような感触だ。指を軽く曲げると、尻肉がいとも簡単に形を変えた。

（おおっ、なんて柔らかいんだ）

指先が尻たぶのなかに沈みこんでいく。まるで巨大なマシュマロをつかんでいるようだ。気分が高揚して、柔らかい尻たぶをグイグイ揉みあげた。

「あぁンっ」

早智子の唇から甘ったるい声が溢れ出す。

もしかしたら、彼女もまだ満足していないのかもしれない。一度のセックスでは物足りず、さらに強い刺激を欲しているのではないか。

(そうか、そういうことなら……)

哲平は尻を見つめて、思わず生唾を飲んだ。

尻たぶをつかんだ手に力が入る。恐るおそる臀裂を左右に割り開けば、くすんだ色の尻穴が現れた。中心から外に向かって無数の皺が伸びている。視線を感じたのか、ヒクヒクと蠢く様が卑猥だ。

(こんな小さな穴に入るのか)

ふと素朴な疑問が湧きあがる。

そもそも肛門はペニスを挿入する場所ではない。そのすぐ下には紅色の陰唇があり、大量の華蜜で潤っている。先ほどまで太幹を咥えていたのに、今は二枚の陰唇がぴったり閉じていた。

女性器は男根を受け入れるようにできている。だが、尻穴は違う。無理やりねじこんだら、壊れてしまうのではないか。

(本当に爺さんのチ×ポが入ったのか……)

あらためて肛門をまじまじと凝視する。

排泄器官とは思えない、おちょぼ口のような尻穴だ。哲平の熱い息がかかった刺激で、小さな肛門はさらにキュッとすぼまった。

「どうじゃ、テツ。おなごの尻穴はうまそうだろう」

孝造の声が聞こえるが、哲平は肯定も否定もできない。

しかし、尻穴を見ていると欲望がふくらみ、男根がさらに硬く反り返る。もう我慢できない。哲平は震える指を伸ばして尻穴にそっと触れた。

「あンンっ」

早智子が敏感に反応する。肛門がすぼまり、双臀に震えが走り抜けた。

それならばと、恐るおそる肛門を押し揉んでみる。すると、女体の震えが大きくなった。

「はああンっ……も、もっと触って」

早智子の唇から甘い声が溢れ出す。やはり尻の穴が感じるらしい。こんな場所まで性感帯になるとは知らなかった。

「こ、こうですか」

人の肛門を愛撫するなど考えたこともない。哲平は指の腹で慎重に尻穴を撫でまわしては、中心部を軽く圧迫した。

「あンっ……上手よ」

彼女の言葉に気をよくして、尻穴を触りつづける。さすがに指を挿入するのは躊躇するが、皺を一本いっぽん丁寧になぞった。

4

「そろそろ舐めてやれ。たっぷり濡らしておかないと魔羅が入らんぞ」

孝造の言葉を聞いて妙に納得する。

膣なら愛蜜が分泌されるが、肛門は感じても濡れるわけではない。だから潤滑油代わりの唾液を塗りこんでおく必要があるのだろう。

（尻の穴を……）

肛門を舐めることに抵抗がないと言えば嘘になる。だが、早智子の尻穴となれば話は別だ。そこに口をつけると考えただけで、経験したことのない興奮を覚えた。

尻たぶを割り開き、前かがみになって臀裂に顔を寄せていく。くすんだ色のすぼまりに、熱い息をそっと吹きかける。たったそれだけで肛門は敏感に反応して、ヒクヒクと蠢いた。

「ああンっ……て、哲平くん」

早智子が甘ったるい声を漏らす。

さらなる愛撫を欲しているに違いない。哲平は思いきって唇を尻穴に押し当てた。唇を密着させると、舌を伸ばして不浄の穴を舐めあげる。とたんに女体がビクンッと跳ねるように反応した。

「ひあぁッ」

開発された肛門が感じるらしい。早智子は喘ぎ声を振りまき、さらに双臀を突き出した。

（まさか、こんなことを……）

かつて憧れていた早智子の臀裂に顔を埋めて、肛門を舐めしゃぶっているのだ。そう考えるだけで、異常なまでの興奮が湧きあがった。

「て、哲平くんっ、あああッ」

舌を動かすたび、早智子は喘いで腰を右に左にくねらせる。唾液をたっぷり塗りつけては、舌先で肛門の皺を舐めあげた。

「うしろの穴は繊細なのじゃ。しっかりほぐしておくのじゃぞ」

孝造の助言に従い、念入りに尻穴を舐めまわす。さらには舌先をとがらせると、中心部を圧迫して押しこんだ。

「あううッ、て、哲平くんの舌が……」

早智子の声が快感に震えている。舌をゆっくり出し入れすると、喘ぎ声がますます高まった。

「はああッ、い、いいっ、あああッ」

彼女がしっかり反応してくれるから、なおさら愛撫に熱が入る。ペニスはさらに反り返り、先端から大量のカウパー汁が滴り落ちた。

（い、挿れてみたい……お尻の穴に……）

興奮は最高潮に達している。これ以上は我慢できない。

哲平は臀裂から顔をあげると、体を起こして人妻の尻を抱えこむ。硬直したペニスの先端を、唾液で濡れそぼった肛門に押し当てた。

「あンっ……き、来て」

早智子が濡れた瞳で振り返り、甘い声で挿入をねだる。

しかし、いざとなると不安がこみあげた。開発ずみと聞いているが、勃起したペニスが本当に入るのだろうか。亀頭を肛門にあてがったことで、あらためてサイズの違いにとまどった。

「早く挿れてやれ。早智子が待ちきれなくて、マン汁を溢れさせておるぞ」

孝造に言われて女陰をのぞきこむ。すると、割れ目から大量の華蜜が溢れており、白い内腿をぐっしょり濡らしていた。

（こんなに感じてるんだ）

早智子は肛門での性交を求めている。哲平はいったん亀頭を女陰にあてがうと、華蜜をたっぷり塗りつけた。

「じゃ、じゃあ……いきますよ」

再び亀頭を尻穴に押し当てる。そして、少しずつ力をこめていく。

「あうぅっ」

早智子が身体を硬直させるが、尻は突き出したままだ。だから、哲平は慎重にペニスを押し進める。やがて唾液にまみれた肛門が内側にへこみ、巨大な亀頭が滑りこんだ。

「あひぃッ！」

早智子の唇から金属的な喘ぎ声がほとばしる。

いちばん太いカリが通過するとき、ミシッという危険な感触が伝わった。しかし、彼女が痛がっていないのでほっとする。

(は、入った……お尻の穴に……)

ついにペニスを挿入することに成功した。

これがはじめてのアナルセックスだ。股間を見おろせば、驚きの光景がひろがっている。人妻の尻穴に男根が刺さっているのだ。亀頭を呑みこみ、竿と肛門の襞が密着していた。

膣とは異なる猛烈な締めつけだ。血液の流れが滞るのではと本気で心配になるほど、カリ首をがっちり絞りあげていた。

「も、もっと……お、奥まで……」

早智子がかすれた声で懇願する。

そんな声を聞かされると、牡の欲望がますます高まっていく。くびれた腰をつかんで、ペニスをじりじり押し進める。たっぷり舐めてほぐしたので、太幹はいとも簡単に根元まで沈みこんだ。

「ぜ、全部、入りましたよ」

「ひぅうッ、お、奥……奥まで来てる」

早智子は両手の爪を木箱に立てて、喘ぎまじりにつぶやく。

突き出した尻に小刻みな震えが走り、肛門が肉棒を強く食いしめている。ペニス全体を生ゴムで覆われているような感覚だ。息苦しさに襲われるが、なぜかそれが妖しい快感に変わってくる。

「テツよ、早智子の尻穴は最高だろう。数多くのおなごを仕込んできたが、その穴は五本の指に入るぞ」

孝造が自慢げに語るが、哲平は反応する余裕がない。ペニスを締めあげられるほどに、破滅的な快感がふくれあがった。

「き、きつい……ううッ」

「あううッ……う、動いて、お願い」

早智子が尻を左右に振って抽送をねだる。挿入するだけでは物足りないらしい。先ほどから刺激を欲して、尻穴がヒクヒク蠢いていた。

「い、いきますよ……うむッ」

スローペースで腰を振りはじめる。

根元まで埋まったペニスを後退させると、内側に巻きこんでいた肛門の襞がいっしょに引き出される。亀頭が抜け落ちる寸前から再び押しこめば、肛門がまたしても内側に入っていく。

「ああッ、き、気持ちいいっ」

「くううッ、早智子さんのお尻の穴、すごいことになってますよ」

哲平が唸りながら告げると、彼女は恥ずかしげに腰をくねらせる。

「い、いやぁっ、そんなに見ないで……」

その直後、さらに肛門が締まり、新たな快感が湧き起こった。

「くおおッ、ま、また……」

どす黒い快楽に酔いながら、ひたすらにペニスを出し入れする。肛門の粘膜をカリで擦り、亀頭を深い場所まで埋めこんだ。

「ひッ……ひぃッ……て、哲平くんっ」

早智子が喘ぎながら振り返る。

視線が重なれば、さらに快感が大きくなってくる。その結果、ピストンスピードが自然と速くなる。孝造によって開発された尻穴が奥までうねり、男根をこれでもかと絞りあげた。

「ひぃッ、あひぃッ、ゆ、ゆっくり」

「も、もう無理です……ううッ」

気持ちよすぎて抽送速度を緩めることができない。アナルセックスの愉悦が押し寄せて、全身が燃えあがるように熱くなる。

「おおおッ、おおおおッ」

「は、激しい。お尻がめくれちゃうっ、あひああッ」

蔵の壁に早智子の裏返った嬌声が反響する。悶える女体が蠟燭の炎に照らされることで、いっそう艶めかしく映った。

「お、俺っ……も、もうっ」

かつて経験したことがないほど興奮している。哲平は呼吸を乱しながら、夢中になってペニスを出し入れした。

「ひあぁッ、そ、そんな……あひぃッ、すごいっ」

早智子もヒイヒイ喘いでいる。昇りつめるのは時間の問題だ。

「もっと、はああッ、もっとぉっ」

彼女の声に誘われて抽送速度をさらにあげる。肛門は膣のように行きどまりがないので、遠慮せずに勢いよく肉柱をたたきこんだ。

「き、気持ちいいっ、おおおッ」

「ああッ、ひああッ、わ、わたしも……あひぃッ、い、いいっ」

尻穴を掘られる刺激に酔いしれて、ついに早智子が絶頂への階段を昇りはじめる。

「くおおッ、チ×ポがちぎれそうだ」

体重を浴びせるようにペニスを埋めこむ。強烈な締めつけに溺《おぼ》れて、ただひたすらに尻穴をえぐりつづける。

「は、激しいっ、あああッ、そんなにされたら、すぐにイッちゃうっ」

「お、俺も……くうううッ」

いつしかアナルセックスに溺れている。目指す場所はひとつしかない。ふたりは息を合わせて腰を振り、ついに絶頂の階段を一気に駆けあがる。

「おおおおッ、で、出るっ、ぬおおおおおおおッ！」

「ひああッ、い、いいっ、あああッ、イクッ、イクイクうううッ！」

唸り声と喘ぎ声が蔵の空気を震わせる。

哲平は尻の奥に沸騰した精液を注ぎこみ、早智子は直腸粘膜を焼かれて甲高いよがり泣きをまき散らす。快感が快感を呼び、ふたりは瞬く間にオルガスムスに達していた。

（す、すごい……尻の穴ってこんなにいいのか）

哲平は最後の一滴まで注ぎこむと、ようやくペニスを引き抜いた。

「あううっ」

木箱に突っ伏した早智子が微かな声を漏らす。

一拍置いて、ぱっくり開いた尻穴から白濁液が逆流する。糸を引きながらドロリと土間に滴り落ちた。

「どうじゃ、早智子の尻穴は最高だったろう」

すべてを見届けた孝造が満足げにうなずく。そして、労《ねぎら》うように哲平の肩に皺だらけの手を置いた。

（な、なにを……）

振り払いたいが、そんな力は残っていない。精も根も尽きはてている。もはや立っていることもできず、哲平は土間にへなへなと座りこんだ。

早智子は木箱に寄りかかり、ひと言もしゃべらない。アナルセックスの快楽で理性を焼かれて、今はなにも考えられない状態になっていた。

「テツよ、よいことを教えてやろう。尻で楽しむなら人妻に限るぞ。若い娘はどうしても肛門が硬い。人妻の柔らかくなってきた肛門を開発すると、塩梅《あんばい》がよくなるのじゃ」

孝造がさも楽しげに持論を語る。哲平は呆けた頭で、老人の下劣な言葉を聞いていた。

「明日の夜も蔵に来るがよい。もっとよいものを見せてやるぞ」

嗄れた声が蔵のなかに反響する。ところどころに置かれた蠟燭の炎が、風もないのにゆらりと揺れた。

哲平は土間にへたりこんだまま、早智子の白い尻と孝造を見やった。

もう、この蔵には近づかないほうがいい。そう思う一方で、猛烈に惹かれている自分もいる。危険だとわかっているのに、どうしても拒絶できない魔力のようなものがあった。

第五章　激震

1

哲平は昼すぎまで横になっていた。

連日の荒淫で疲労が蓄積して、起きることができなかった。とはいえ、途中から目が覚めていた。だが、誰にも会いたくなくて、ベッドで毛布にくるまっていた。

昨夜の光景が頭のなかをグルグルまわっている。

清楚な人妻だと思っていた早智子まで、孝造の餌食《えじき》になっていたのだ。しかも、尻の穴を調教されていたとは驚きだった。

(俺は、なんてことを……)

哲平は自己嫌悪に襲われて、髪をかきむしった。

妖しい誘惑に抗えず、人妻の肛門を貫いた。腰を振りまくり、煮えたぎる精液を注ぎこんだのだ。人妻のアヌスという禁断の果実は、ペニスが蕩けそうなほど甘美だった。

隣家に住んでいる老人、孝造に声をかけられて、興味本位で蔵をのぞいたのが間違いのはじまりだった。

夜な夜な女を犯す孝造の毒気に当てられて、哲平は童貞を捨てると、さらにはアナルセックスまで体験した。帰省する前は、二十二歳の冴《さ》えない大学生だったのに、あっという間に経験値を積みあげた。

しかし、そこには愛も恋もない。ただ欲望のままにペニスを出し入れする獣のようなセックスだった。

後悔の念が胸に渦巻いている。だが、昨夜のことを思い出すと、強烈な快感がフラッシュバックして、男根がいきり勃った。

（ううっ……俺は最低だ）

股間に手が伸びそうになり、慌てて自分を制した。

早智子はいやがっていなかった。むしろ自ら進んで尻を突き出した。肛門に陰茎をねじこまれることを望んでいた。とはいえ、彼女は人妻だ。わかっていたのに、哲平は尻穴を舐めまわして、硬直した男根を挿入した。黒い欲望に抗えず、流されてしまったのだ。

自分のやったことが信じられない。誰にも会いたくなくて、両親が仕事から帰ってくるまで、部屋でゴロゴロして過ごした。

夕食を摂って風呂に入ると、気持ちが少し落ち着いた。しかし、自室に戻ると再び誘惑が頭をもたげた。

——明日の夜も蔵に来るがよい。もっとよいものを見せてやるぞ。

昨夜、孝造はそう言った。

蔵に行くたび、刺激的な光景を目の当たりにした。今夜はさらに強烈なことが待っているかもしれない。

(ダ、ダメだ。なにを考えてるんだ)

胸のうちで自分自身に言い聞かせる。だが、この時点ですでに気持ちは傾いていた。

深夜零時をまわると、哲平は家を抜け出した。

コンビニもない寂れた村だ。この時間に外を歩いている者はいない。哲平は白い息を吐きながら隣家の蔵に向かった。

重い扉を少しだけ開いて、隙間から蔵のなかに視線を向ける。人の気配はなく、蠟燭もついていなかった。

迷ったのは一瞬だけだ。蔵に足を踏み入れると扉を閉じた。きっと今夜もなにかが起こる。それをできるだけ近くから見たい。持参した懐中電灯をつけると、積みあげられた木箱の陰に身を潜めた。

孝造は誰を連れてきて、どうやって犯すのだろうか。想像するだけでも股間がむずむずした。

蔵のなかは相変わらず埃《ほこり》っぽくてカビくさい。そこに香草のような匂いがまざっていた。いったい、どこから漂ってくるのだろうか。目の前の木箱の蓋を開けると、懐中電灯でなかを照らした。

「うっ……」

哲平は思わず顔をしかめる。

木箱には干し草が大量に入っており、濃厚な香りを放っていた。蔵に漂っている匂いの正体はこれだ。スパイシーでありながら甘ったるさも感じる。漢方にも似た独特の香りを吸いこみ、頭の芯がジーンと痺れた。

理性が揺さぶられて、淫らな気分がかき立てられる。蔵で行われてきた狂宴に、この干し草が関係しているのではないか。

(くっ……や、やばい)

ふいに視界がぐんにゃり歪んだ。

欲望が猛烈に煽られる。妖しい匂いが強すぎるせいかもしれない。理性が崩壊しそうで、哲平は慌てて木箱の蓋を閉じた。

2

そのとき、蝶番のギギギッという音が響きわたった。

哲平は懐中電灯を消すと、木箱の陰から入口に視線を向けた。

ふたつの人影が蔵に入ってくる。月明かりが逆光になっており、顔は確認できない。ひとりが慣れた感じで蠟燭に火をつけていく。やがて、ぼんやりとした炎が、ふたりの顔を照らし出した。

（えっ……）

危うく声が漏れそうになり、ギリギリのところで呑みこんだ。

蠟燭に火をつけていたのは孝造だ。そして、もうひとりは驚いたことに姉の愛梨だった。

結婚して隣町に住んでいるのに、なぜここにいるのだろうか。しかも、孝造といっしょにいるということは、まさか愛梨もすでに関係を持っているのだろうか。

（い、いや、そんなはず……）

慌てて心のなかで否定する。

清楚でやさしい姉に限ってそんなことはない。だが、これまで見てきた女性たちも、奔放な印象はなかった。まさかと思うような女性たちが、男やもめで七十三歳の孝造と淫らな行為に耽っていたのだ。

（姉さん、違うよね）

哲平は祈るような気持ちで姉の姿を見つめていた。

蔵の中央の開けた場所で、ふたりは向かい合って立っている。愛梨は茶色のダッフルコート、孝造は藍色の着物姿だ。愛梨は思いつめたようにうつむいている。その横顔はまるで雪のように白かった。

「孝造さん、お願いです。哲平ちゃんは……弟は巻きこまないでください」

愛梨が意を決したように唇を開いた。絞り出されたのは懇願するような声だった。

「今さらなにを言っておる。弟の魔羅をしゃぶって、あんなに興奮していたではないか」

孝造が口もとに笑みを浮かべながら、嗄れた声でつぶやいた。

(なにを言ってるんだ……)

哲平は木箱の陰で思わず眉をひそめる。

孝造がいい加減なことを言って、姉を困らせているのだと思った。ところが、愛梨は瞳に涙をたたえて、首を左右に振りはじめた。

「そ、それは言わないでください」

震える声でつぶやき、下唇を嚙みしめる。

悲愴感を滲ませた横顔は、孝造の言葉が真実であることを物語っている気がした。

「弟の筆おろしをして興奮したのだろう。あの夜、おまえは布袋をかぶっていたから、テツもまさか姉とまぐわったとは気づいておるまい」

「い、いや……もう、やめてください」

ついに愛梨の目から大粒の涙が溢れ出した。

（そ、そんな……）

哲平は目眩を覚えて倒れそうになった。

あれは帰省した夜のことだ。孝造に誘われて、興味本位で蔵に向かった。すると、頭に布袋をかぶせられて吊された女がいた。その女とはじめてのセックスを経験したのだ。

（あ、あの女の人が……ま、まさか……）

衝撃の事実が全身を貫き、膝がガクガク震え出す。

実の姉の膣に挿入して、欲望にまかせて獣のように腰を振りまくった。布袋のせいで愛梨の声はくぐもっていた。だから、喘ぎ声を聞いても気づくことができなかったのだ。

「わかっておるぞ。結婚して村を出たが、わしの魔羅が忘れられないから、なにかと理由をつけて戻ってくるのだろう」

またしても、孝造の耳障りな声が聞こえた。

「ち、違います」

愛梨が涙声で否定する。

いつから孝造の食いものにされていたのだろうか。

思えば幼なじみの麻友も、人妻の早智子も、孝造から与えられる快楽の虜になっていた。

(でも、姉さんは……)

孝造から逃れたいと思っている。

だから、結婚して村を出たに違いない。しかし、今でもたびたび、孝造に抱かれているという。

「お、お願いです……どうか、弟にだけは言わないでください。あの子は純粋なんです……どうか……」

「テツを案ずるなら、わしの言うとおりにするのだ。どうせ、この蔵で犯されたおなごは、もうわしから逃げられん。おまえも気づいていたのだろう。香草に催淫効果があることに。この媚薬の香りを嗅ぎながら、わしの太魔羅を味えば癖になるんじゃ」

「やっぱり……噂《うわさ》は本当だったんですね」

愛梨はあまり驚いていない。どこか諦めたような口ぶりだった。

「女は淫らに濡らし、男の魔羅はいきり勃つ。それが香草の効果よ」

孝造がニヤニヤしながら話しはじめる。

あの干し草は、孝造の先祖が異国から取り寄せた媚薬だという。現在は村で密かに栽培し、裏ルートで売りさばくことで大金を生み出している。その莫大《ばくだい》な金を使い、村の女たちを自由にしてきたのだ。

「媚薬なんて使われたら……わたし……」

「恥じることはない。どんなに貞淑なおなごも、わしの魔羅がほしくなる。おまえだけではないぞ」

孝造の勝ち誇った笑い声が蔵の壁に反響した。

（なんてやつだ……）

哲平は怒りを覚えるが、動けない。

なにか秘密があると薄々感じていたが、想像のはるか上をいく話だった。姉を助けなければと思うが、完全に気圧されていた。

「服を脱げ」

孝造が命じながら着物を脱ぎ捨てる。褌も取り去ると、すでに禍々《まがまが》しく勃起した男根が剝き出しになった。

「ああっ、お許しください」

愛梨はそう言いながら、老人の肉棒を凝視している。そして、何度も生唾を飲みこんだ。

「おまえの夫のためだ。あやつは、わしに借金をしておるんだぞ。おまえが身体を提供すれば、利子を減らせるのだ」

孝造に言われて、愛梨は仕方なくといった感じでコートの前を開いた。

いきなり裸体が露出する。驚いたことに、コートの下になにも身に着けていない。愛梨は膝まである黒いブーツを履いているだけだった。

たっぷりした釣鐘形の乳房が揺れており、腰はくびれて尻にはほどよく脂が乗っている。内腿を閉じているが、恥丘に茂る陰毛は剝き出しだ。楕円形に手入れしてあるのは、まさか孝造に見せるためだろうか。

（ね、姉さん……どうして……）

哲平は思わず拳を握りしめた。

これでは犯してくれと言っているようなものだ。憤慨するが、これからなにが起こるのか、妖しい期待がひろがっているのも事実だ。

「なんと淫らなおなごよ。最初からそのつもりだったくせに」

孝造は梁から垂れさがっている縄で、愛梨の手首をひとくくりに縛る。そして、壁に取りつけられたハンドルをまわして縄を巻きあげていく。腕が頭上に引きあげられるが、愛梨はいっさい抵抗しない。

「ああっ……」

姉の唇から小さな声が溢れ出す。

梁から吊られた裸体が、蠟燭の揺れる炎に照らし出される。身体がまっすぐ伸びて、ブーツのつま先が土間にギリギリつく高さだ。

「口答えをした罰じゃ。じっくり嬲ってやる」

孝造が舌なめずりして、愛梨の正面にまわりこむ。その手には、いつの間にか習字の筆が握られていた。

「そんなに怯えた顔をせんでもよい。柔らかい毛筆だから痛くはないぞ」

筆の先を愛梨の首すじに当てると、耳に向かってスッと撫であげる。すると、女体にブルブルと小刻みな震えが走った。

「はンンっ」

「相変わらず敏感だな」

今度は筆の先がゆっくりさがっていく。耳から鎖骨を通り、さらに乳房へと向かう。そして、魅惑的なふくらみの裾野をゆっくり旋回する。

「あっ……い、いやです」

愛梨がとまどいの声を漏らして、吊られた女体をよじった。すると、双つの乳房がタプンッと弾み、淫靡な空気がますます濃くなっていく。

「ほうれ、たまらんだろう」

孝造は筆をじっくり動かしつづける。女を嬲るのが楽しいのか、目を見開いて凄絶な笑みを浮かべていた。

「や、やめてください……あっ……あっ……」

愛梨は眉を八の字に歪めている。

柔らかい毛先で、敏感な皮膚の表面をくすぐられているのだ。耐えがたい刺激に襲われているのか唇が半開きになり、呼吸を乱して女体を艶めかしくくねらせた。

(そ、そんな……姉さん)

哲平は目の前の光景を見ていることしかできない。

姉がいやがっているのは口先だけで、実際は感じているのだ。内腿をもじもじ擦り合わせているのがその証拠だ。

「わかるぞ。もっとしてほしいんだな」

孝造は口もとに凄絶な笑みを浮かべている。

筆で円を描くように乳房を撫でながら、徐々に直径を狭めていく。やがて筆先が桜色の乳輪に触れると、女体がヒクッと小さく跳ねた。

「はンンッ」

「よい反応だのぉ。これならどうだ」

ついに乳首をくすぐれば、愛梨はたまらなそうに身をよじった。

「ああぁッ、ダ、ダメぇっ」

甘ったるい声が蔵の冷たい空気を振動させる。

縄で縛られた両手を強く握り、内腿を閉じたまま股間を大きくしゃくる。蠟燭の炎が照らすなか、裸体がくねくね揺れるのが艶めかしい。しかも、媚薬の香りが漂っているので、なおさら気分が昂った。

「あッ……あッ……ダ、ダメですっ、あああッ」

なおも筆で乳輪と乳首をしつこく撫でられる。女体がくねりつづけて、喘ぎ声が大きくなってくる。

「乳首はこんなに勃っておるではないか。なにがダメなのじゃ」

孝造は飽きることなく執拗に筆で愛撫する。その言葉どおり、乳首はピンピンにとがり勃ち、乳輪までふっくら盛りあがっていた。

「そ、そこばっかり……はああッ」

双つの乳首を交互に刺激されて、愛梨が抗議するように孝造を見つめる。だが、瞳は涙がこぼれそうなほど潤んでいた。

（まさか、姉さん……）

哲平の胸のうちで不安がふくれあがる。

吊られた女体は絶えずくねり、目の下が赤く染まっている。媚びるような瞳になっているのも気になった。

「これか、これがよいのか」

当然ながら孝造も愛梨の変化に気づいている。

筆を巧みに使い、いよいよ下腹部に向かってゆっくり這いおりていく。臍《へそ》の穴をくすぐり、さらには陰毛がそよぐ恥丘を撫ではじめた。

「ンっ……はンンっ」

愛梨は声を漏らすまいと下唇を噛んでいる。

しかし、女体がくねるのはとめられない。吊りさげられた状態で、内腿をしきりに擦り合わせた。

「ずいぶん粘るではないか。さてと、いつまで我慢できるかな」

孝造はこの状況を楽しんでいる。筆先を内腿のつけ根にねじこみ、ゆっくり前後に動かした。

「ひッ、そ、そこは……ひああッ」

愛梨の喘ぎ声がいっそう大きくなる。

筆の毛先が陰唇に触れているに違いない。孝造が動かすたび、ブルッ、ブルルッと女体が震えた。

「あッ、ああッ……ゆ、許してください」

「なんだ、もう降参するのか」

孝造がニヤニヤしながら筆を操っている。愛梨はたまらなそうに腰をくねらせて、濡れた瞳で老人の顔をじっと見つめた。

「も、もう、いじめないでください」

「いじめてなどおらん。わしはおなごを悦ばせるのが好きなだけじゃよ」

剝き出しの男根をそそり勃たせて、孝造が鼻息を荒らげる。興奮しているのは間違いない。その太幹を愛梨が先ほどからチラチラ見ていた。

「ああっ、もう……」

「どうしてほしいんだ。はっきり言うまでは、何時間でもこのままだぞ」

肉体をとことん燃えあがらせて、心までへし折るつもりなのだろう。孝造はとろ火で炙《あぶ》るような愛撫を延々と施し、女体を焦らしつづける。

（ね、姉さん……耐えてくれ）

哲平は木箱の陰で祈りながらも複雑な気持ちだった。

応援はしているが、陥落する姉の姿も見てみたい。焦らし抜かれたすえに犯されたとき、どれほど乱れるのだろうか。想像するだけでも、男根が破裂しそうなほど張りつめた。

「あぁッ……あぁッ……」

もう愛梨は喘ぐだけになっている。執拗な愛撫で焦らされて、もはや抗う力は残されていなかった。

「ゆ、許して……許してください」

「どうしてほしいのか言うのだ。言え、言わんかっ」

「あぁっ、い、挿れて……挿れてください」

ついに愛梨の唇から挿入をねだる言葉が紡がれる。だが、まだ孝造は許さない。目を剝いて筆をねじりながら語りかけた。

「なにをどこに挿れるのだ。はっきり言えっ」

「お、おチ×ポ……孝造さんのおチ×ポを、わたしの……愛梨の……オ、オマ×コに挿れてください」

言い終わったとたん、愛梨の目から大粒の涙が溢れて頬を伝った。

3

「そうか、そうか。そんなにわしの魔羅がほしいのか」

孝造は満足げに言うと筆を置き、愛梨の片脚をつかんで脇に抱えこんだ。

「い、いやぁ……」

姉の媚《こび》を含んだ悲痛な声が蔵中に木霊する。

両腕を頭上に伸ばして吊られているため、片脚立ちの苦しい体勢だ。露になった股間を蠟燭の明かりが照らし出す。サーモンピンクの陰唇は大量の愛蜜でヌラヌラ光り、さらなる刺激を求めて赤貝のように蠢いた。

（あんなに濡らして……）

哲平は思わず生唾を飲みこんだ。助けに入ることなど考えていない。どす黒い期待に胸が高鳴っていた。

「あんまり焦らすのもかわいそうだな」

孝造が正面から体を寄せる。瘦せぎすなのに男根だけは雄々しく屹立しているのがアンバランスだ。凶暴そうに膨張した亀頭が、濡れそぼった女陰に押し当てられた。

「はあああッ」

男根の先端が膣口にずっぷり刺さり、愛梨の悲鳴にも似たよがり声が響きわたる。それと同時に吊られた女体が大きく仰け反った。

「これか、これがほしかったのか」

「こ、これ、ああッ、これですっ」

太幹をどんどん押しこまれて、愛梨の喘ぎ声がほとばしる。結婚しているにもかかわらず、老人の男根を挿入されて悦んでいた。

「ほう、焦らしただけあって、よい締まり具合じゃ」

さっそく孝造が腰を振りはじめる。愛梨の片脚を小脇に抱えた状態で、男根を力強く出し入れした。

「あぁッ……あぁッ……す、すごいっ、あああッ」

理性が吹き飛んでいるのかもしれない。愛梨は淫らな声を振りまき、腰を振り立てる。男根をより奥まで導くように股間をしゃくりあげた。

（や、やめろ……やめてくれ）

哲平は心のなかで叫んだ。

姉の醜態を目の当たりにして、いつしか涙で頬を濡らしていた。それなのに、股間は大きくふくらんでいる。無意識のうちに手を伸ばして、スウェットパンツの上から太幹をつかんでいた。

「こいつはたまらん。おおおッ」

孝造も興奮しているらしい。呻き声を漏らして、腰を力強く振っている。結合部からは湿った蜜音と、腰を打ちつける乾いた音が響いていた。

「ほれほれ、旦那の粗チンより、わしの太魔羅のほうがよいのだろ」

「は、はい、あああッ、い、いいっ、いいですっ」

巨木のような陰茎を突きこまれて、愛梨が髪を振り乱す。夫以外の男根を咥えこみ、激しく腰をよじらせる。

「おおッ、よいぞっ、おおおッ」

抽送速度が一気にあがる。孝造は眉間に皺を寄せると、驚異的な精力で腰を勢いよく打ちつけた。

「はあああッ、す、すごいっ、気持ちいいですっ」

快感を告げるたび、愛梨の反応が大きくなっていく。張りつめた乳房がタプタプ弾み、曲線の頂点では乳首が硬く隆起する。息遣いも荒くなり、絶頂が迫っているのは明らかだ。

「あううッ、も、もう、あああッ、もうっ」

「ようし、わしが出すと同時に昇りつめろっ」

ふたりの声が切羽つまり、淫らな空気が濃度を増す。孝造は七十三歳とは思えない抽送で責め立てて、愛梨も夢中になって腰を振る。ふたりの動きが一致することで、ついに最後の瞬間が訪れた。

「だ、出すぞっ、おおおッ、ぬおおおおおッ！」

「ひああッ、い、いいっ、イ、イクッ、あああッ、イクううッ！」

孝造が雄叫《おたけ》びをあげた直後、愛梨のよがり泣きが響きわたった。

吊られた女体が痙攣して、股間を突き出しながら昇りつめていく。半開きになった唇の端から涎《よだれ》を垂らし、白い下腹部が波打った。

(ね、姉さん……ウソだろ……)

それはあまりにも淫らで美しい光景だった。

愛梨が昇りつめる姿を目の当たりにして、哲平は大量の我慢汁を垂れ流していた。

4

「テツ、出てこい」

結合をといた孝造が、静かな声でつぶやいた。

隠れていることがばれていたらしい。そもそも孝造に誘われて蔵に来たのだから、どこかにいるとわかっていたのだろう。哲平は観念して、木箱の陰から姿を現した。

「て、哲平ちゃん」

愛梨がはっと目を見開く。そして、慌てて吊られた身体をよじらせた。

「み、見ないで、お願いだから見ないで」

悲痛な声が蔵のなかに反響する。膣にたっぷり注ぎこまれた老人の精液が逆流して、白い内腿を流れ落ちていた。

「ね、姉さん……」

「いやっ、言わないで……いやよ」

愛梨は必死に内腿を閉じて痕跡《こんせき》を隠そうとする。だが、哲平の脳裏に刻まれた記憶は永遠に消えることはない。

「もう遅い。最初からすべてを見られていたのだぞ」

孝造が薄笑いを浮かべながら告げると、愛梨はわっと号泣した。

「ひどいです……あんまりです」

淫らな姿を弟に見られていたと知り、激しいショックを受けている。愛梨は顔をうつむかせると、大粒の涙をポロポロこぼした。

「どうして……」

哲平は奥歯を食い縛った。

これほど動揺する姉を見るのは、これがはじめてだ。胸が苦しくなるのを感じて、視線をすっとそらした。

「そろそろテツも知っておいたほうがよかろう。この村の秘密をな」

孝造が静かに語りはじめる。なにも聞きたくないが、嗄れた声はいやでも耳に流れこむ。

「テツよ、村を治める方法を教えてやる。金でも土地でもない。必要なのはただひとつ、絶大なる精力じゃ。おなごたちを手懐けた者が、すべてを手に入れるのじゃ」

確かに孝造の精力は尋常ではない。凄まじさを何度も目の当たりにしているだけに、その言葉には説得力があった。

「でも、そんなこと、俺には関係な――」

「我が柏木家の男は代々精力絶倫である。これがなにより大切なことだ」

哲平の声は、孝造の強い言葉にかき消される。迫力に気圧されて黙ると、孝造は再び淡々とした口調で語りはじめた。

柏木家は媚薬を売って金を作り、それを貧しい村人たちに貸している。そして、借金の利息を減らすために、村の男たちは要求されるまま、妻や娘を差し出してきた。

だが、女たちがいやがるのは最初だけだ。孝造の太魔羅で貫かれれば、誰もが骨抜きになる。夫や恋人とは異なる逞しさの虜になるという。

女たちは決していやいや抱かれているのではない。誰もが望んで孝造の男根を求めているのだ。その結果、女たちの欲求不満が解消されて、貧しい家庭に平穏をもたらし、さらには村の平和につながっていた。

「ま、まさか、そんなことが……」

哲平は吊られたままの愛梨を見やった。

孝造の言葉を否定してくれることを願ったが、なにも言わずに黙りこんでいる。顔をあげることなく、すすり泣きを漏らすばかりだ。

「むろん村の男たちも納得している。昔からのやり方だから自然と受け入れるのじゃ。気に入らない者は、村から出ていけばよい」

それで愛梨の夫は村を出たのではないか。だが、愛梨は自分の意志で、ときどき村に戻ってくるという。

「よほど、わしの魔羅が気に入ったのだろう。旦那の貧相なモノでは満足できないのだから仕方あるまい」

「そ、そんな……姉さん、ウソだよね」

震える声で懸命に呼びかける。だが、愛梨はうつむいたまま、なにも答えてくれない。

「これでわかったろう。村人たちは、みんな知っていることだ」

「し、知らない……俺、そんなこと全然知らなかったよ」

はじめて聞く話ばかりだ。

孝造がひとりで語っているだけなら信じない。だが、愛梨の申しわけなさげな横顔が、突拍子もない話に信憑性《しんぴょうせい》を持たせていた。

「姉さん、なんとか言ってくれよ。どうして俺だけ知らないんだよ」

だんだん恐ろしくなり、膝がカタカタと震えてしまう。情けないが、どうしても抑えることができなかった。

「わしが村の者たちに口どめをした。おまえには来たるべきときが来たら、わしの口から話すと決めていたのだ。わかるか、テツよ」

孝造の声音が変化した。

いつになく落ち着いた口調になり、目つきも穏やかになっている。なにやら言い聞かせるような言い方が、逆に哲平の不安をかき立てた。

「なんで、口どめなんて……」

「まだわからんか」

孝造がまっすぐ見つめている。

そのとき、老人の股間が目に入った。愛梨のなかでたっぷり射精したというのに、巨木のような男根が隆々と屹立していた。

「うっ……」

哲平は思わず眉をしかめて顔をそむけた。

だが、自分のスウェットパンツも大きなテントを張っている。姉が犯される姿を見たことで、男根がボクサーブリーフのなかで硬くなっていた。

(や、やめろ……俺を見るな)

不安に駆られて思わずあとずさりする。尻が木箱にぶつかり、ガタッと小さな音を立てた。

まったく意味がわからない。愛梨はうつむいたまま黙りこんでいる。真実を知るのは恐ろしいが、ここまで来たら引きさがれない。

「ど、どういうことだよ」

勇気を振り絞って切り出した。すると、孝造は神妙な顔で語りはじめた。

「テツよ、わしとおまえの関係について打ち明けよう」

いやな予感がこみあげる。

いったい、どんな関係があるというのだろうか。老人の声は聞こえるが、心が拒絶している。

「くっ……」

香草の匂いのせいか、足もとがふらつき、背後の木箱に寄りかかった。

聞きたくないが、脚がもつれて逃げ出すこともできない。言葉を失っている哲平に、孝造はやけに落ち着いた声音で説明する。二十二年前、孝造の妻は子供を生んだ直後に亡くなった。そのため、子供はすぐ養子に出された。男手ひとつで育てるのは困難だと判断したらしい。

「わしに似て元気な男の子じゃった」

「ま、まさか……」

「うむ。それがテツ……おまえじゃよ」

衝撃的なひと言だった。

激しい目眩に襲われて立っていられなくなる。木箱に背中を預けたまま、土間にズルズルとへたりこんだ。そんな哲平を見おろして、孝造はなおも語りつづける。

「おまえは柏木家の血を引いておる。わしのただひとりの息子、柏木家の後継者じゃ」

「ウ、ウソだ……そんなのウソだ……」

声が情けないほど震えてしまう。信じたくないが、孝造の堂々とした語り口に引きこまれる。

「突然のことに驚くのも無理はない。ゆっくり理解していけばよい」

「じゃ、じゃあ、姉さんは……」

はっとして見やると、愛梨はすぐに顔をそむけた。

孝造の話は聞こえているのに否定しない。まさか、すべてを知っていたのだろうか。

「安心せい。テツと愛梨はまったく血がつながっていない。だから、近親相姦ではないぞ」

「そ、そんな……姉さん、知ってたの……今の話、全部知ってたの……」

声をかけるが、いっさい答えてくれない。ただ悲しげに睫毛《まつげ》を伏せて、はらはらと涙を流していた。

「姉さん、なんとか言ってくれよ」

とてもではないが、受け入れられない。せめて姉には否定してほしかった。

孝造の話が本当なら、確かに近親相姦ではなくなる。しかし、姉だと思っていた愛梨が他人だとしたら、その事実のほうがショックだった。

家族のなかで、自分だけ似ていないと疑問に思ったことがある。さほど気にしていなかったが、孝造の話で説明がつく。昔から孝造が「テツ」となれなれしく呼ぶ理由もわかった気がした。

「西島家に預けて正解だった。なんせ、隣の家だから、いつでも成長を見守ることができたからのぉ」

嗄れた声が耳障りだ。この老人の都合だけで、西島家の養子になったというのか。

「たったそれだけの理由で……」

「それだけではないぞ。おまえの義理の母親、京香もわしの女じゃ。それもあって、西島家に預けようと思ったのだ。もちろん、京香もふたつ返事で了承した」

おぞましい事実だった。

実の母親だと信じていた京香まで、孝造に抱かれていたという。

目眩がひどくなる。土間に尻餅をついているのに倒れそうだ。蠟燭の揺れる炎が、頭のなかでグルグルまわっていた。

「テツよ、おまえにはわしの血が流れておる。もうわかっておるのだろう。おまえの尋常ならざる精力の強さが、その証《あかし》じゃ」

孝造の言葉を聞き流すことはできない。実際、精力がどんどん強くなっているのを感じていた。

「愛梨を抱け」

恐ろしくも甘美な言葉だった。だが、決して耳を貸してはならない。

「そ、そんなこと……」

前回は布袋をかぶっていたので仕方なかった。愛梨だと知っていたら拒絶した。しかし、今は姉だとわかっているのだ。

「なにを躊躇しておる。一度も二度も同じだ」

「で、でも、姉さんだし……」

「テツもやりたいのだろう。魔羅が大きくなっているではないか」

孝造が執拗にけしかける。確かに先ほどから男根がふくらんでおり、ボクサーブリーフのなかは我慢汁でヌルヌルだ。

「思い出してみろ。この間は、愛梨もずいぶん悦んでいたぞ」

それは哲平も覚えている。はじめてのセックスで拙いピストンだったが、愛梨は淫らな声で喘いでくれた。

（今なら、もっと……）

なにしろ経験を積んでいる。愛梨を悶え狂わせることもできるはずだ。そんなことを考えたとたん、硬直した男根がズクリと疼いた。

「実の姉弟《きょうだい》ではないのだ。おまえたちがやったところで問題はないぞ」

孝造の言うことにも一理ある。姉弟として育てられたが、愛梨と哲平の間に血のつながりはない。

（そうだよ。それなら……）

哲平は吊られている愛梨をチラリと見やった。

愛梨もこちらを見ていた。視線が重なると、怯えたように首を左右に振りたくる。か弱い小動物を思わせる瞳が、哲平の黒い欲望を煽り立てた。

5

「服を脱いで、ここに寝てみろ」

孝造は吊られた愛梨の足もとに茣蓙《ござ》を敷くと、哲平を手招きした。

それが魅力的な提案に思えてしまう。尻餅をついていた哲平はふらりと立ちあがり、服を脱ぎ捨てると茣蓙の上で仰向けになった。

「て、哲平ちゃん、やめて……」

愛梨の唇から不安げな声が漏れる。

手首をひとくくりに縛られて、頭上にまっすぐ伸ばした状態だ。哲平はそんな愛梨の足の間に入りこみ、仰向けに横たわった。

（俺は、なにを……）

頭の片隅では、まずいことをしていると思っている。だが、その一方で異常なまでの昂りを覚えていた。

男根は天に向かってそそり勃ち、亀頭はぶっくりふくらんでいる。もう以前の自分ではない。経験を積んだことで自信をつけている。密かに想いを寄せていた姉を、己の肉棒でよがり狂わせてみたかった。

「では、はじめるぞ」

孝造が楽しげにつぶやき、壁のハンドルをまわしはじめる。縄が少しずつ緩み、梁を通して吊られている愛梨の身体がさがってきた。

「あ、脚に力が……ま、待ってください」

つま先立ちを強いられていたので、脚の筋力が限界に達していたらしい。愛梨は足の裏がついても踏んばることができずに膝を折った。

「ああっ、ダ、ダメっ」

「ま、また、姉さんと……」

哲平は思わず両手を伸ばして、姉のくびれた腰をつかんだ。

トロトロの陰唇が迫り、今にも亀頭に触れそうになっている。愛梨は両膝を莫蓙についた格好だ。もうすぐ挿入できると思うと、新たな先走り液が溢れて亀頭全体にひろがった。

「思う存分楽しむがよい」

さらにハンドルがまわされて、女体がゆっくり下降する。ついに女陰と亀頭が触れ合い、クチュッという湿った音が響きわたった。

「あうっ、そ、そんな……」

「ね、姉さん……くううッ」

哲平は仰向けの状態で、思わず股間を突きあげた。

「あああッ、ダ、ダメぇっ」

亀頭がズブリッと膣口に入りこみ、内側から大量の果汁が溢れ出す。同時に愛梨の甘ったるい喘ぎ声が蔵中に反響する。

「は、入った。姉さんのなかに入ったんだ」

一気に昂り、さらに腰を突きあげた。女体も下降しているので、男根は女壺の奥まで埋まっていく。

「あううッ……ふ、深いっ」

愛梨が苦しげな声を漏らして首を振る。しかし、蠟燭のぼんやりした明かりに照らされた顔はうっとりしていた。

「す、すごい……姉さんのなか、すごく濡れてて気持ちいいよ」

膣襞に包まれる感触が心地よい。姉の濡れ襞が肉棒の表面を這いまわっているのだ。ヌルヌル滑るうえに、愛梨が腰をよじるため、なおさら強烈な愉悦が湧きあがった。

「ううッ、ね、姉さん、動かないで」

「あンンっ、だ、だって、奥が……はああンっ」

膣の奥を刺激されるのがたまらないらしい。愛梨は眉を困ったように歪めて、腰を右に左にくねらせた。

「うッ……くううッ」

哲平は悪魔的な快楽のなか、目の前の光景をまじまじと見つめた。

愛梨が両腕を頭上に伸ばした状態で、股間にまたがっている。変則の騎乗位で、男根を膣に咥えているのだ。大量の愛蜜が分泌されているため、少し身をよじるだけでもヌルリッと滑り、鮮烈な快感が走り抜けた。

「こ、こんなのダメよ……哲平ちゃん、抜いて」

「そ、そんなの無理だよ……姉さんのなか、すごく気持ちいいんだ」

愛梨が涙ながらにつぶやき、哲平が息を荒らげながら答える。それを孝造がニヤけながら眺めていた。

「まったく、おまえたち姉弟は仲がよいのう。相性もばっちりではないか」

自分で仕組んでおきながら、からかいの言葉を投げかける。孝造は嗜虐《しぎゃく》欲を滾《たぎ》らせて、快楽と背徳感にまみれていく姉弟を見おろした。

「ど、どうして、こんなこと……」

哲平は興奮しながらも疑問をぶつける。なぜ孝造がこんなことをするのか、どうしてもわからない。

「村のためじゃよ」

「む、村のため……」

「うむ。村人たちのためじゃ。この村には産業がない。土地も痩せ細っておるから、農作物も収穫量が少ない。それでも、生まれ故郷だから愛着がある。みんな、この村を離れたくないと思っておるのだ」

孝造は穏やかな声で説明しながら、愛梨の尻たぶを軽く平手打ちした。

「ひうッ」

とたんに小さな悲鳴とともに女体が揺れる。その結果、男根が甘く締めあげられた。

「くううッ」

膣のなかで先走り液が溢れてしまう。愛蜜の量も増えており、さらに滑りがよくなった。

「香草を育てて、裏でさばけば金になる。村の者たちを養うことも可能だ。だが、それだけでは上手くいかない。この村をまとめる者が必要じゃ」

村が貧しいからこそ、絶対的なリーダーが必要だという。

孝造の言いたいこともわからなくはない。だが、女たちを食いものにするのは違うと思う。

「この村の土は貧弱だ。そのせいか、男たちの精力が極端に弱いのだ。そのなかで、我が柏木家だけは、なぜか昔から絶倫を保っておる」

どこまで本当かはわからない。しかし、孝造と哲平の精力が人一倍強いのは事実だ。

「ね、姉さん……ううッ」

股間をゆっくり突きあげる。すると、男根がさらに深く入りこんだ。

「はああッ、そ、それ以上は……ひンンッ」

愛梨の身体がビクンッと反応する。背すじが仰け反り、膣道が猛烈に収縮した。

「くううッ、き、気持ちいい」

危うく射精しかけるが、懸命に奥歯を食い縛って耐え忍ぶ。せっかく愛梨とセックスできたのだから、少しでも長く楽しみたい。

「おまえはわしの血を継いでおる。その精力の強さがなによりの証拠じゃ」

「ほ、本当に俺は……」

この老人の血を引いているのだろうか。

認めたくないが、ふたりが親子だと考えると辻褄《つじつま》が合う気がする。哲平を何度もこの蔵に呼んだのは、精力を目覚めさせるためだという。実際、この数日で経験を積み、精力は何倍にも強くなった。

「テツよ……我が息子よ。柏木の血を守るのだ。わしの跡を継ぎ、村を治めるのじゃ」

孝造の真剣な声が耳に流れこむ。

突然すぎて、哲平は肯定も否定もできなかった。孝造は実の息子である哲平に、柏木家の莫大な遺産を継がせるつもりだ。そして、村の未来を託そうとしているのだ。

「そんなこと言われても……ううウッ」

こうしている間も、男根は女壺で揉みくちゃにされている。愛蜜と我慢汁にまみれたところを、無数の膣襞でねぶられていた。

「あンンっ、て、哲平ちゃん……」

騎乗位でつながっている愛梨も、せつなげな声を漏らしている。

弟の男根を挿入されて感じているのは間違いない。媚薬のせいなのか、それとも孝造によって女体を開発されたせいなのか、とにかく愛梨が欲情しているのは事実だ。

「ね、姉さん、俺……くううッ」

視線が重なることで、さらに欲望がふくらんだ。

たまらず股間を突きあげると、結合部分の湿った音が大きくなる。肉棒が深い場所まで到達して、なかにたまっていた果汁が溢れ出した。

「ああッ、い、いいっ……こんなのダメなのに」

愛梨が困惑を滲ませて首を左右に振りたくる。だが、蜜壺は男根をしっかり締めあげていた。

「ダメじゃないよ。どうせ俺たち、本当の姉弟じゃないんだから」

「そんなこと言わないで……ああンっ」

悲しげな声を漏らすと、愛梨も腰を振りはじめる。股間を擦りつける前後の動きだ。陰毛同士が擦れて、膣内の男根が揉みくちゃにされた。

「ううッ、す、すごいっ」

血はつながっていないとわかってても、姉弟として育った記憶が消えるわけではない。だからこそ、強烈な背徳感がこみあげる。

「ね、姉さんっ、くううッ、姉さんっ」

いつしか哲平はリズミカルに腰を振っていた。勃起した男根を出し入れして、姉の女壺を犯す快楽に溺れていく。

「ああッ、ああッ……哲平ちゃんっ」

愛梨も艶めかしい喘ぎ声を振りまいている。華蜜がとめどなく溢れ出し、肉棒を思いきり締めつけた。

「す、すごい、ううう ッ、すごいよ」

両手を伸ばして乳房を揉みまくる。蕩けそうな柔らかさにテンションがあがり、先端でとがり勃った乳首を指先で転がした。

「あンンっ、い、いいっ」

愛梨の喘ぎ声がさらに高まっていく。

乳首の刺激に連動して、膣の締まりが強くなる。結果として抽送がより激しさを増し、女壺の奥を突きまくった。

「ああッ、あああッ、も、もうダメっ」

愛梨の目から歓喜の涙が溢れ出す。哲平の突きあげに合わせて股間をクイクイしゃくり、快感がさらに大きくふくれあがる。

「おおおッ……おおおおッ」

「はああッ、い、いいっ、あああああッ」

哲平の呻き声と愛梨のよがり声が重なり、淫靡な空気が濃くなってくる。義理とはいえ姉弟でセックスする背徳感に加えて、蔵のなかに漂っている媚薬の香りが、なおさら気分を高めていた。

「ね、姉さん、ううウッ、もう出ちゃうよ」

「ああッ、いいわ、出して、いっぱい出して」

愛梨が涙ながらに許可をする。その言葉が引き金となり、哲平は思いきり欲望を噴きあげた。

「おおおッ、姉さんっ、出るっ、出るよっ、くおおおおおおッ！」

「い、いいっ、あああッ、哲平ちゃんっ、イクッ、イクううウッ！」

射精すると同時に、愛梨のよがり泣きがほとばしる。吊られた女体が艶めかしくくねり、ふたりは禁断のオルガスムスに呑みこまれていった。

「ほう、こいつはすごい。なんて淫乱な姉弟だ」

孝造が満足げにつぶやいた。

すべてはこの老人の思いどおりだった。村人たちは全員手のひらで転がされている。

とくに女たちは好き放題に嬲られて、玩具にされているのだ。

それでも、誰も文句を言えない。この村で生きていくためには、権力者である老人に従うしかない。

(俺も……もう……)

姉のなかに精液を注ぎこみながら、哲平は自分も囚われてしまったことを悟るのだった。

第六章　崩壊

1

哲平は自室のベッドに横たわり、天井をぼんやり見つめていた。

明かりは消えている。枕もとの時計はもうすぐ深夜零時を指すところだ。それなのに、いっこうに眠気が襲ってこなかった。

最後に隣家の蔵を訪れてから三日が経っている。

孝造から数々の秘密を明かされて、そのショックからいまだに立ち直れていない。なにしろ、哲平がこれまで歩んできた二十二年の人生を、根底から覆す衝撃的な事実ばかりだった。

(俺は、柏木の爺さんの……息子)

胸のうちでつぶやくだけで嫌悪感が湧きあがる。あの強欲な老人が父親だと信じたくなかった。

孝造は莫大な資産を武器に村を支配している。媚薬と太魔羅で村の女たちを快楽漬けにして、欲望のまま好き放題に嬲ってきたのだ。餌食になった女たちのなかに、姉の愛梨や母親の京香も含まれていた。

(俺は、今までなにを……)

哲平だけがなにも知らされていなかった。

今、愛梨は夫と暮らしている街に戻っている。哲平は誰にも会いたくなくて自室にこもっていた。もう家族と同じ空間にいられなかった。

(全部、ウソだったんだ)

哲平は真実を知っている。

だが、両親はばれているとは思いもせず、今までどおりに接してくるのがつらかった。

両親とやさしい姉の顔が脳裏に浮かぶ。たとえ養子でも、家族として過ごした時間がある。孝造のことは父親と思えない。近所の気むずかしい爺さんという印象しかない。

そのとき、枕もとに置いてあったスマートフォンがメールの着信音を響かせた。画面を見やると送り主は愛梨だった。

――今、蔵にいるの。哲平ちゃんも来て。

メールを読んで愕然《がくぜん》とする。

また孝造に呼び出されたに違いない。旦那が孝造に借金をしているので断れなかったのだろう。いや、もしかしたら、愛梨が望んだことかもしれない。孝造に抱かれたくて、自ら連絡した可能性も否定できない。

（姉さん、どうしてだよ）

思わずスマートフォンを強く握りしめた。

しかし、哲平には姉の気持ちがわかってしまう。媚薬の香りが漂う蔵での交わりは、最高の快楽をもたらしてくれる。一度でも経験したら忘れられない愉悦だ。身をもって知っているからこそ、姉を責められない。

今ごろ、愛梨は孝造に抱かれているのではないか。また裸で縛られて、梁から吊されているかもしれない。そして、巨木のような男根を突きこまれて、喘いでいるのではないか。

実際にこの目で見たので、容易に想像できてしまう。今まさに、隣家の蔵で姉が犯されているかもしれないのだ。

（クソッ……）

もう居ても立ってもいられない。

遅かれ早かれ、愛梨は弄ばれてしまう。仮に姉が望んだことだとしても、孝造に穢《けが》されるのは許せない。哲平はベッドから跳ね起きると、スウェットの上にダウンジャケットを羽織って部屋から飛び出した。

2

全力で走ったため、心臓が激しく拍動している。いったん蔵の前で立ちどまると呼吸を整えた。

（よ、よし……）

哲平は逸《はや》る気持ちを抑えきれず、扉を開け放った。

とたんに香草の匂いが鼻腔《びこう》に流れこむ。今夜はとくに匂いが強い。一瞬、目眩を覚えながらも蔵のなかに視線をめぐらせた。

壁ぎわに積まれた木箱の上に、蠟燭がたくさん立てられている。ゆらゆらと揺れる炎が、あたりを明るく照らしていた。

「なっ……」

思わず絶句する。蔵のなかには驚くべき光景がひろがっていた。

正面奥に置かれた木箱に襌姿の孝造が腰かけている。その隣に一糸まとわぬ姿の愛梨が座っていた。幼なじみの麻友と人妻の早智子もいる。ふたりとも全裸で、孝造に寄り添っていた。

（ね、姉さん……）

つい愛梨の裸体に視線が引き寄せられてしまう。

乳房は釣鐘形で大きく、曲線の頂点には桜色の乳首が乗っていた。膝はぴったり閉じているが、股間に茂る楕円形に整えられた陰毛は剝き出しだ。

「そんなに見ないで……」

哲平の視線を感じて、愛梨が恥ずかしげに視線を落とす。

手は自由なのに、なぜか露になっている肌を隠そうとしない。愛梨は耳までまっ赤に染めながら、孝造の顔をチラチラ見ていた。

もしかしたら、孝造に隠すなと命じられているのではないか。愛梨の不審な行動を見ていると、そんな気がしてならない。

(麻友ちゃんと早智子さんまで……)

哲平はふたりの女性に視線を向けた。

麻友も張りのある乳房を剝き出しにしている。乳首は淡いピンクで、腰が折れそうなほど細く、ほかのふたりと比べると華奢な身体つきだ。股間には申しわけ程度の陰毛がそよいでいた。

早智子はむちむちした身体をさらしている。乳房は大きく熟れており、乳首は鮮やかな紅色だ。なだらかな曲線を描く腰と、脂の乗った尻がいかにも人妻らしい。陰毛は逆三角形に手入れされていた。

ふたりとも恥ずかしげに腰をくねらせるが、両手は身体の両脇に垂らしている。すべてをさらして、瞳をねっとり潤ませていた。

(なんなんだ、これは……)

淫らな雰囲気に圧倒される。三人の裸が眩いだけに、痩せぎすで褌一丁の孝造がなおさら醜悪に映った。

「テツや、早く扉を閉めんか。おなごたちが風邪を引いたらどうする」

孝造の嗄れた声が蔵のなかに反響した。

ニヤついた顔が腹立たしいが、確かに冷たい外気が流れこんでいる。哲平は蔵に足を踏み入れると急いで扉を閉めた。

「姉さんから離れろ」

憤怒《ふんぬ》を隠すことなく孝造に歩み寄る。しかし、媚薬の香りが濃厚に漂っており、頭の芯がジーンと痺れはじめていた。

「親に対して、その口のきき方はなんだ」

孝造は余裕の笑みを浮かべている。そして、女たちを見まわすと偉そうに顎をしゃくった。

麻友と早智子、それに愛梨が立ちあがり、哲平を取り囲む。孝造になにかを命じられているらしい。

「な、なにを……」

足をとめると、彼女たちの手がいっせいに伸びた。

愛梨に手首をつかまれる。なぜか体に力が入らない。麻友と早智子にダウンジャケットを奪われて、スウェットの上着も脱がされる。わけがわからないうちに、上半身を裸に剝かれていた。

(どうなってるんだ……)

腕力なら姉より自分のほうがあるはずだ。ところが、どういうわけか緩慢な動きになってしまう。

「これが媚薬の効果じゃよ。テツははじめてだからとくに効くだろう」

孝造が耳障りな声でつぶやいた。

「媚薬なら、今までだって……」

「わかっておらんようだな。あの干し草は焚《た》くことで、本来の効果を発揮するのだ」

「そ、そんな、まさか……」

媚薬の干し草は木箱のなかに保管されている。今までは木箱から漏れる匂いを嗅いでいただけだ。しかし、本来は焚いて使うのだという。

「じゃあ、体に力が入らないのも……」

「案ずるでない。慣れれば普通に動けるようになる。今夜はたっぷり焚いてあるから、存分に楽しむがよい。動けなくても感度はあがっておるぞ」

孝造は血走った目を見開いている。ろくでもないことを企《たくら》んでいるのは間違いない。

（な、なにを考えてるんだ）

恐ろしくなって身震いする。

この男が実の父親だとは信じられないし、信じたくもない。孝造の目に狂気を感じて、力の入らない体で懸命にあとずさりした。

「てっちゃん、動いちゃダメだよ」

いつの間にか麻友が背後にまわりこんでいる。

抱きとめるようにして行く手を阻まれた。張りのある乳房が背中に密着して、プルンッと押し返してくるのがわかった。

「ま、麻友ちゃん、どいてくれ」

「孝造さんの命令だもん。逆らえないよ」

麻友が両手を腰にまわして押さえつける。たいした力ではないのに、それだけで動けなくなった。

「哲平くん、お願いだからおとなしくして」

早智子が横からささやく。そして、哲平の腕をつかんだ。

熟れた乳房が二の腕に押しつけられて、プニュッとひしゃげる。紅色の乳首が哲平の肌に擦れており、見るみる充血して硬くなった。

「さ、早智子さんまで……放してください」

「悪いようにはしないから」

瞳がとろんと潤んでいるのは媚薬のせいだろうか。

さほど力があると思えないが、どうしても早智子の手を振り払えない。両腕をつかまれて動けなかった。

「哲平ちゃん、ごめんね」

愛梨は濡れた瞳でつぶやくと、梁から垂れさがっている縄を哲平の手首に巻きつける。両手首をひとまとめにして縛っているのだ。

「姉さん、なにやってるんだよ」

つい声が大きくなるが、愛梨は目を合わせようとしない。そして、首を小さく左右に振った。

「こうするしかないの。孝造さんの命令だから……」

夫が孝造に借金をしているから仕方なく従っている。そう言いたげだが、愛梨の乳首は触れてもいないのにとがり勃っていた。

「どうして……どうしてなんだよ、姉さん」

懸命に訴えかける。しかし、もう愛梨はなにも答えてくれなかった。

「そ、そんな……」

誰も聞く耳を持ってくれない。三人とも孝造の言いなりだ。とまどっているうちに、哲平の手首はしっかり縛りあげられていた。

壁のハンドルを三人が交替でまわしはじめる。縄が徐々に巻き取られて、哲平の腕が頭上にまっすぐ引きあげられていく。

「ちょっ……ま、待って」

このままでは、先日の愛梨のように吊られてまう。しかし、どうしても体に力が入らない。微かに身をよじるのがやっとだ。

「姉さんっ、麻友ちゃんっ、早智子さんっ、バカなことはやめてくれ」

無駄だと思っても黙っていられない。懸命に語りかけるが、三人は哲平の顔を見ようとしなかった。

　ハンドルをまわす彼女たちの息づかいと、縄がミシミシ軋む音だけが響いている。やがて哲平の踵が床から少し浮きあがった。

「よし、それくらいでよかろう」

　ようやく孝造が口を開いた。

　相変わらず木箱に腰かけたまま、爛々と光る目でこちらの様子をうかがっている。すべては、この老人の指示で行われている。

「な、なにをするつもりだ」

　不安を憤怒で押し隠し、孝造をにらみつける。

「そんな顔をしても無駄だぞ。おまえはわしの息子だ」

「ち、違う。俺はあんたの息子なんかじゃないっ」

　恐ろしい現実を否定したくて言い放つ。しかし、孝造は唇の端を歪めてニヤリと笑った。

「息子の考えていることくらいお見通しだ。テツ、この状況に期待しておるのだろう」

「な、なにをバカな……」

「恥ずかしがらんでもよい。ほれ、魔羅がふくらんでおるではないか」

孝造に指摘されて、己の股間に視線を向ける。すると、スウェットパンツの前が大きなテントを張っていた。

「こ、これは……」

この異常な状況で勃起している。これだけはっきりふくらんでいたら、ごまかしようがない。

「その精力の強さこそ、柏木家の血を引いている証だ」

嗄れた声が不快に鼓膜を振動させる。

「び、媚薬……媚薬を嗅がされたから……」

「本当はおまえもわかっておるのだろう。抑えきれないほど血が沸き立っているはずだ」

「そ、そんなはず……」

認めるわけにはいかない。こんな男の息子だとは思いたくない。

「テツ、素直になれ。今宵《こよい》はおまえが柏木家の後継者であることを思い出すための宴《うたげ》だ。精力を解放するのだ。さあ、おなごたちよ。テツをかわいがってやるのじゃ」

孝造は凄絶な笑みを浮かべると、淫らな宴の開催を宣言した。

3

「哲平ちゃん……」

正面から愛梨がせつなげな瞳を向けている。両手で頬をそっと挟み、顔をゆっくり近づける。

「ね、姉さん――んんっ」

哲平の声はキスでかき消されてしまう。

愛梨の柔らかい唇がぴったり重なっていた。溶けてしまいそうな感触が心地よい。そのまま舌が伸びて、唇をやさしく舐められた。

（こ、こんなこと、姉弟なのに……）

媚薬が効きすぎて、唇を振りほどけない。

血はつながっていないとはいえ、本当の姉弟だと思って育ったのだ。密かに想いを寄せていたが、やはりあってはならないことだ。そう思えば思うほど背徳感が湧きあがり、瞬く間に胸を埋めつくす。頭ではいけないとわかっているが、無意識のうちに唇を半開きにしていた。

「はあンっ」

その隙を逃さないとばかりに、愛梨の舌がヌルリと入りこむ。口のなかを舐めまわされると、いやでも欲望がかき立てられた。

（ダ、ダメだ……姉さん、ダメだよ）

心のなかでつぶやくが、舌をからめとられて吸われた瞬間、頭のなかがまっ白になった。

「あふっ……はむンンっ」

愛梨の甘い声が聞こえる。唾液をすすり飲まれるとゾクゾクするような感覚が押し寄せた。

（ね、姉さんが、俺の唾を……）

媚薬の効果もあるのだろう。舌を吸われるだけで脳髄が蕩けそうな快楽の波で埋めつくされた。

「てっちゃん、脱がしていいよね」

下のほうから麻友の声が聞こえる。

どうやら、しゃがみこんでいるらしい。すると次の瞬間、スウェットパンツとボクサーブリーフがまとめて引きおろされた。

(や、やめてくれっ)

叫んだつもりが声にならない。愛梨のディープキスで口をふさがれているのだ。体にも力が入らず、あっという間に服を剝《は》ぎ取られた。

これで哲平はまっ裸で吊された状態だ。勃起したペニスが剝き出しになっているのが恥ずかしいが、手を使えないので隠せない。内股になって腰をよじるのがやっとだった。

「すごいね。てっちゃんのオチ×チン、もうビンビンになってるよ」

麻友がからかいながら指先で亀頭を小突く。軽く触れているだけなのに、痺れるような快感が全身へとひろがった。

「くううッ」

唇を奪われたまま喉の奥で呻く。それでも愛梨は唇を離さず、口のなかをねちっこくしゃぶり、さらには唾液を口移しする。

(ね、姉さんの唾……うんんっ)

反射的に嚥下すると、うっとりするほど甘かった。

「お姉さんとキスして興奮しているのね。なんだか妬《や》けちゃうわ」

早智子が耳もとでささやいた。

そして、熱い息を吹きこみながら耳たぶにしゃぶりつく。舌を這いまわらせると、耳の穴に差し入れた。

(み、耳は……ううウッ)

くすぐったさをともなう快感が湧きあがる。

耳のなかで舌が蠢くたび、クチュッ、ニチュッという湿った音が大音量で響いて、聴覚からも欲望が煽り立てられた。

「こっちも気持ちよくしてあげるね」

再び麻友の声が聞こえる。その直後、亀頭が熱くて柔らかいものに包まれるのがわかった。

「ぬううぅッ」

たまらず呻いて、吊られた体に震えが走る。それと同時に、ペニスの先端からカウパー汁がどっと溢れた。

麻友が亀頭を口に含んだのだ。しっとりした口腔粘膜に包まれて、さらに舌が這いまわる。まるで飴玉をしゃぶるように亀頭を舐められた。

（ううッ、こ、こんなことされたら……）

三人がかりで責められて、強烈な快感が押し寄せる。媚薬も確実に効いており、全身が性感帯になったかと思うほど敏感になっていた。

「哲平ちゃん、感じてるのね」

ふいに愛梨がキスを中断して唇を離した。

潤んだ瞳で見つめている。呼吸も乱れており、最高潮に欲情しているのは間違いない。

「ね、姉さん、ダメだよ……姉弟でこんなこと……」

「姉弟だからいいんじゃない。哲平ちゃんだって、この間はすごく興奮していたでしょう」

姉の言葉とは思えない。魂まで孝造に籠絡《ろうらく》されてしまったのだろうか。

「オチ×チンもすごく硬くなってるみたいね」

「ち、違うよ……び、媚薬のせいだから……」

かろうじて理性を保っている。だが、崩壊するのは時間の問題だ。

麻友にしゃぶられているペニスが、どうしようもなく気持ちいい。先走り液がとまらず、もっと深く咥えてほしくてたまらない。早智子に耳を舐められる感覚も強烈だ。先ほどからゾクゾクするような感覚が走り抜けていた。

「姉さんが、もっと気持ちよくしてあげる」

愛梨が妖しげに囁き、哲平の背後にまわる。うなじに口づけすると、そのまま唇を下に向かってゆっくり滑らせた。

「ううッ、な、なにするの……」

哲平の問いかけに答えることなく、愛梨は唇を押し当てた状態でしゃがんでいく。

「ちょ、ちょっと……くううッ」

小さな呻き声が漏れてしまう。

こうしている間も麻友は亀頭を、早智子は耳をしゃぶっているのだ。姉の柔らかい唇が背すじをじりじりと這いおりる。腰までさがり、さらには尾骨を通り越して、尻の割れ目へと到達した。

愛梨が両手を尻たぶにあてがう。なにをするのかと思えば、臀裂をグッと割り開いた。

「うわっ、ね、姉さん、やめてよ」

「どうして。お尻も気持ちいいのよ」

そう言うなり、愛梨の唇が尻の割れ目に入りこむ。そして、舌先が肛門を捕らえた。

「くひぃぃッ」

たまらず裏返った呻き声を放ってしまう。吊られた体がエビのように仰け反り、大きく揺れた。

「そ、そんなとこ……ひううッ」

鮮烈な感覚が尻穴から脳天まで突き抜ける。おぞましさと未知の快楽がまざり合い、とてもではないがじっとしていられない。

「ふふっ……お尻が敏感みたいね」

愛梨がうれしそうにささやく声が聞こえる。そして、禁断のすぼまりを舌先でチロチロ舐めまわした。

「うひッ、ま、待って……ひいいッ」

哲平は情けなく喘ぎながら吊られた体を揺さぶった。

自分でもほとんど触れたことがない尻穴を、姉に舐められているのだ。凄まじい刺激が押し寄せて、全身の毛が逆立つような感覚に襲われる。

「や、やめて、姉さん、やめてよ」

「女の子みたいにビクビクしちゃって、哲平ちゃん、かわいいわよ。お尻が感じるなんて、孝造さんにそっくり。やっぱり血は争えないわね」

愛梨の言葉に戦慄する。孝造の肛門も舐めたことがあるらしい。きっと媚薬を嗅がされたうえで、やるように命令されたのだろう。

（ク、クソッ……）

哲平は思わず蔵の奥を見やった。

孝造が木箱に座って、こちらを眺めている。皺だらけの顔には、下劣な笑みが浮かんでいた。褌の前が大きく盛りあがっている。陰茎をいきり勃たせているのは間違いない。このいかがわしい宴を心から楽しんでいるのだ。

「哲平くん、どこを見てるの」

早智子が前にまわりこんだ。

哲平は両腕を頭上にあげているため、左右の腋《わき》の下が無防備にさらされている。早智子は右の腋窩《えきか》に顔を寄せて、腋毛ごしに唇を押し当てた。

「汗の匂いがするわ」

「そ、そんなところ、くさいから……」

「男の子のいい匂いよ……ンンっ」

腋の下に舌をねっとり這わされて、くすぐったさに身をよじった。

「や、やめてください」

そんな哲平の姿を見て、早智子は楽しげに目を細める。そして、やめるどころか、左右の腋窩を交互に舐めまわした。

「そんなこと言われると、もっと苛《いじ》めたくなっちゃう」

「うッ……ううッ」

「こういうところも感じちゃうんだ。じゃあ、こっちはどうかな」

胸板に唇を寄せてきたと思ったら、ついばむような口づけをくり返す。少しずつ乳首に近づき、やがて乳輪に舌を這わせた。

「くうッ……さ、早智子さんっ」

「もっと感じていいのよ」

ついには乳首に唇をかぶせて、ねちっこく舐めまわす。チュウチュウ吸いあげられると、新たな快感がふくらんだ。

「乳首が硬くなってきたわよ。気持ちいいのね」

「き、気持ちよくなんて……ううッ」

本当は気持ちよくてたまらない。だが、それを認めたら流されてしまう。孝造の思いどおりにだけはなりたくない。

(でも、もう……)

ここまで意地を張ってきたが限界だ。すでに目の前はどぎつい赤に染まり、全身の細胞が燃えあがったように熱くなっていた。

「てっちゃん、オチ×チンも気持ちよくしてあげるね……あむンンっ」

麻友が亀頭を咥えたまままつぶやき、柔らかい唇をヌメヌメと滑らせる。敏感なカリを集中的に擦られて、先走り液が大量に溢れ出した。

「くううッ、そ、そこばっかり……」

「ここがいいんだね……ンっ……ンっ……」

麻友はうれしそうにつぶやき、執拗にカリ首を刺激する。唾液をたっぷり塗りつけてから、唇が何度もゆっくり通過した。

「ああンっ、すごく硬いよ……あふンっ」

「ううッ……うううッ」

快感の波が次から次へと押し寄せる。

硬い肉胴の表面を甘く擦られて、ついには長大なペニスが根元まで幼なじみの口内に収まった。

「くおおおッ」

こらえきれない呻き声が漏れてしまう。

その直後、愛梨がとがらせた舌先で肛門の中心部を圧迫した。散々舐められてほぐれていた尻穴が、舌で押されて内側にへこむのがわかった。

「ひぃッ、は、入っちゃうよ」

哲平は慌てて訴えるが、愛梨はやめようとしない。そのまま舌先を押しつけられて、肛門のなかにヌルリッと入りこんだ。

「ひううッ」

強烈な感覚が体を貫き、頭のなかで火花が散った。

とっさに尻の筋肉を力ませるが、そんなことはなんの抵抗にもならない。舌先で肛門の粘膜をねぶられて、全身がガクガク震え出す。

「そ、そんな……うひぃッ」

「すごい声ね。どこが気持ちいいの」

胸もとから早智子が問いかける。そして、硬くとがり勃った乳首を前歯で甘噛みした。

「くひぃぃッ、ぜ、全部っ……全部、気持ちいいですっ」

反射的に答えてしまう。

頭の片隅では、認めたらいけないとわかっている。しかし、媚薬の効果で全身の感度があがったところを、三人がかりで愛撫されているのだ。とてもではないが耐えられない。

(む、無理だよ、こんなの気持ちよすぎる)

いったん崩れると、弱音が次々と溢れ出す。

よくよく考えてみれば、哲平は数日前まで童貞だったのだ。どんなにがんばったところで、経験豊富な三人の女性を相手に勝てるはずがなかった。

「ようやく認めおったか」

孝造の嗄れた声が蔵のなかに響いた。

「わしが調教したおなごたちは最高だろう。今宵はじっくり楽しむがよい」

勝ち誇って笑い、目を異様なほど光らせている。盛りあがった褌には、我慢汁の染みがひろがっていた。

(こんな男に、姉さんたちは……)

憤怒がこみあげるが、すぐに快楽が覆いつくす。

孝造に性戯をたたきこまれた三人の女性に愛撫されているのだ。媚薬も全身にまわっており、どう考えても抗えるはずがない。今はもう気持ちよくなることしか考えられなかった。

「ううウッ、も、もう、もう出ちゃうっ」

乳首とペニス、それに肛門を同時にねぶられている。これ以上は耐えられそうにない。たまらなくなって大声で訴えると、三人は唇をすっと離した。

「ああっ……ど、どうして」

思わず不満げな声が漏れてしまう。

絶頂を寸前ではぐらかされて、屹立した肉棒が虚しく揺れる。イキたくて仕方がない。欲望に火がついており、もう射精しなければ収まらない。

「まだダメよ。わたしたちも楽しませてくれないと」

胸もとから早智子が見あげていた。

正面から抱きつくと、右脚を持ちあげて哲平の腰に巻きつける。そして股間を迫り出しながら、亀頭を膣口へと導いた。

「ま、まさか、このまま……」

哲平は両手首を縛られて吊られた状態だ。それなのに挿入するつもりなのだろうか。

「そのまさかよ……あンンっ」

早智子は腰を微妙に動かすと、亀頭を膣のなかへと導いた。ヌプッという感触とともに、ペニスが熱い媚肉に包まれる。

「ううぅッ、さ、早智子さんっ」

「はああンっ、入ってきたわ」

さらに股間を押しつけて、ペニスが根元までしっかりはまりこむ。ふたりの股間が密着すると、陰毛がからみ合って乾いた音を立てた。

「動くわね……あンっ……はあンっ」

早智子が股間をしゃくりあげる。片足で立っているため、激しく動くことはできない。その分、焦れるような愉悦が湧きあがった。

「ううッ、き、気持ちいい」

思わず快感を訴えると、近くで見ていた麻友が身を寄せる。

「てっちゃんはイッたらダメだよ。わたしと愛梨さんの相手もしなくちゃいけないんだから」

「そ、そんな……うむッ」

この快感を我慢するのは至難の業だ。しかし、勝手にイッたら、どんな目に遭うかわからない。

「あンっ……あンっ……哲平くんっ」

早智子が乳房を胸板に擦りつけて、股間をクイクイしゃくりあげる。

微妙な動きでも快感が増幅していく。奥歯を強く食いしばり、尻の筋肉に力をこめる。こうでもしないと快楽に流されそうだ。

「あああッ、い、いいっ、ああッ、いいっ」

早くも早智子の声が高まった。

媚薬の効果で感度があがっているのだろう。女壺はしとどの蜜で濡れており、先ほどから小刻みに震えていた。

「ああッ……ああッ……イ、イキそうっ」

「ど、どうぞ、イッてください」

哲平は額に汗を滲ませている。懸命に耐えながらつぶやくと、それがきっかけになったのか女体がガクガクと震え出した。

「い、いいっ、あああッ、イクッ、イクうううッ！」

ついに早智子が絶頂を告げながら昇りつめる。哲平の体にしがみつき、股間をはしたなくしゃくりあげた。

「くううゥッ」

膣が猛烈に締まり、危うく彼女のアクメに巻きこまれそうになる。全身の筋肉を力ませて、なんとか射精欲を抑えこんだ。

早智子は結合をとくと、土間にへたりこんでしまう。すると、今度は麻友が近づいてきた。

「わたしも気持ちよくなりたいの。いいでしょ」

かわいらしくつぶやくが、先ほどまでペニスをしゃぶっていたのだ。麻友はうしろを向き、立ったままバックから挿入しようと尻を突き出した。

ところが、吊られている哲平と高さが合わない。それを見た愛梨がすかさず動いた。

「ちょっと待ってて」

壁のハンドルをまわして、哲平を吊っている縄を少し緩める。そうすることで腰の位置がさがり、ペニスがちょうど女陰の高さと一致した。

「てっちゃん、いくよ……あンっ」

麻友は前かがみになり、尻をグッと寄せる。それと同時に哲平も股間を押し出すことで、亀頭が膣口に突き刺さった。

「ひゃうッ、い、いいっ」

「おおおおッ」

またしてもペニスが膣に呑みこまれた。

早智子よりも膣道が狭いせいか、すぐに快感の波が押し寄せる。慌てて下っ腹に力をこめると、射精欲を強引に抑えこんだ。しかし、欲望はふくれあがる一方で、吊られたまま腰を振り立てた。

「おおッ……おおおッ」

「ああッ、ダ、ダメっ、てっちゃんは動かないで」

麻友が訴えるが、もう腰がとまらない。哲平は欲望にまかせて股間を突き出した。

「あああッ、立ってられないよっ」

つかまるところがないので、麻友は前傾姿勢でつらそうだ。突かれるたび、前につんのめりそうになっていた。

「麻友ちゃん、わたしにつかまって」

愛梨が前にまわりこみ、やさしく語りかける。そして麻友の手を取ると、自分の肩をつかませた。

「愛梨さん、ありがとう」

支えができて、麻友の体勢が安定する。彼女も自分から尻を前後に振りまくり、積極的に快楽を貪りはじめた。

「い、いいっ、てっちゃん、気持ちいいよっ」

ふたりの動きが一致することで、快感はさらに大きく跳ねあがった。

「くううッ、お、俺も気持ちいいよ」

「ああッ、いいっ、すごくいいっ」

麻友が手放しで喘ぎはじめる。張りのあるヒップをグイグイ押しつけて、男根を何度も出し入れした。

「おおおッ、す、すごいっ、くうううッ」

射精欲が暴走しそうになり、哲平は懸命に奥歯を噛みしめる。まだイクわけにはいかない。なにしろ、姉の愛梨が残っているのだ。

「ま、麻友ちゃんっ、くおおおッ」

精神力で射精欲を抑えて、腰をガンガン振りまくる。股間を見おろせば、膣口にペニスが出入りするのがまる見えだ。

「あンっ……あンっ……も、もうダメぇっ」

麻友の喘ぎ声が切羽つまる。絶頂への急坂を昇りはじめて、膣道がキュウッと締まった。

「おううッ、ま、まだまだっ」

哲平は唸り声をあげながら、思いきりペニスをたたきこんだ。

「あああッ、すごいっ、い、いいっ、イクッ、イクイクううッ！」

最後の一撃で、麻友がアクメの嬌声を響かせる。蠟燭に照らされた女体が艶めかしく痙攣した。

(くううッ、や、やばいっ)

射精欲が限界近くまで高まっている。膣襞の動きも凄まじく、ペニスが奥へ奥へと引きこまれた。

「くうううッ」

危うく達するところだった。哲平は吊られた両手を強く握りしめて、暴発寸前のところで耐え忍んだ。

麻友は結合をとくと、早智子の隣にへたりこむ。満足したらしく、呆けた顔で頬を寄せ合った。

「ふたりのおなごを昇天させるとは、なかなかやるではないか。これが柏木家の精力よ。わかったか、テツ」

孝造の満足げな声が聞こえる。しかし、哲平が気にしているのは愛梨だけだ。

「姉さん、縄をほどいてくれよ」

早く挿入したくて仕方がない。自由の身になって、思いきり姉と腰を振り合いたい。

「哲平ちゃん……」

視線が重なると、愛梨はこっくりうなずいた。そして、壁のハンドルをまわして、哲平を吊っていた縄を緩めた。

4

「哲平ちゃん……挿れて」

愛梨が濡れた瞳で振り返り、甘い声で懇願する。

全裸で蔵の入口近くに積まれた木箱に両手をついている。熟れた白い尻を後方に突き出して、弟に向かっておねだりした。

「ね、姉さん……」

哲平は姉の背後にフラフラと歩み寄った。

拘束をとかれて自由になっている。しかし、もうこの狂乱の宴をやめるつもりはない。背徳感にまみれているが、それ以上に興奮していた。早智子と麻友を絶頂に追いあげたが、まだ自分は一度も達していない。最後は姉をめちゃくちゃに犯して、思いきり射精したい。

哲平は愛梨の双臀を抱えこんだ。

早智子と麻友が立ちあがり、すぐ近くからのぞきこむ。孝造は相変わらず蔵の奥の木箱に座り、成りゆきを眺めている。

「じゃあ、姉さん――」

今まさに挿入しようとしたとき、突然、蔵の鉄扉が開け放たれた。全員の目が入口に向けられる。そこにはグレーのコートを着た女性が立っていた。

「なっ……」

哲平は思わず言葉を失った。

金魚のように口をパクパクさせるだけで声が出ない。姉の尻たぶに両手をあてがったまま、両目を大きく見開いた。

「哲平……」

柔らかい声が聞こえる。蠟燭の揺れる光が、やさしげな顔と茶色がかったふんわりした髪を照らしていた。

「か、母さん」

蔵の入口から見つめているのは、母親の京香に間違いない。

「ど、どうして、母さんが……」

驚いているのは哲平ひとりだ。なぜか、愛梨も早智子も麻友も、そして孝造も黙っている。

「ずいぶん盛りあがっているようね」

京香は扉を閉めると、ゆっくりと歩を進める。

この淫らな状況を見ても驚かない。全裸の姉弟が今にも交わろうとしているのだ。それなのに、京香の口もとには笑みさえ浮かんでいた。

「まだわからんのか」

蔵の奥から孝造が口を挟む。嗄れた声がひどく耳障りだ。

「前にも話したとおり、京香もわしのおなごだ。今夜は姉弟の記念日だから呼んでおいてやったのだ」

恩着せがましく言うと、下卑た笑い声を響かせた。

「あらあら、姉弟で仲がいいのね」

すぐ隣まで来た京香が妖艶《ようえん》に微笑んだ。

哲平は姉の尻を抱えていたことに気づき、慌てて手を放す。しかし、男根は勃起したままだ。媚薬が効いているので、どんなに焦ったところで興奮は収まらない。仕方なく両手で股間を覆い隠した。

「お母さんは孝造さんと楽しませてもらおうかしら」

京香がそう言ってコートを脱ぎはじめる。すると、いきなり熟れた女体が露になった。ブラジャーもパンティも身に着けていない。茶色のブーツを履いているだけだ。

「なっ……」

哲平はまたしても言葉を失った。

京香の乳房は少し垂れぎみで、乳輪が大きく乳首はぽってりしている。腰はゆったりとした曲線を描き、尻はむっちりしていた。股間を彩る陰毛は黒々として、自然な感じでそよいでいる。全体的にふくよかだが、生活感が漂っている身体つきが妙に生々しい。

「か、母さん……」

「なにを驚いているの。実の親子じゃないって、孝造さんから聞いたのよね」

京香はさらりと言い放ち、奥の木箱に座っている孝造に歩み寄る。

「ああっ、媚薬の匂いを嗅いだら濡れてしまいました」

老人にすり寄る母親の姿を目の当たりにして、哲平は目眩を覚えた。

「こ、こんなこと……父さんが知ったら……」

やっとのことで言葉を絞り出す。すると、京香は呆れたような瞳を向けた。

「もちろん、知っているわよ。あの人だって孝造さんのお世話になっているのだから」

卒倒しそうになる。思わず手を伸ばして、再び姉の尻をつかんだ。

「あンっ……哲平ちゃん、早く」

愛梨が甘い声で懇願する。頭の芯がクラクラするのは媚薬のせいなのか、それとも、おぞましい現実を知ったせいなのか。

「やれ……やるのだ。テツよ」

孝造の声が頭のなかで反響する。まるで呪文のように理性が揺さぶられた。

(も、もう……もう、どうにでもなれ)

哲平は姉の尻を抱えると、サーモンピンクの女陰に亀頭を押し当てた。

「あっ……来て」

愛梨がおねだりする。膣口は華蜜で濡れそぼっており、たくましいペニスで貫かれるのを待っている。

「やる。やってやる……おおおおッ」

哲平は唸り声をあげながら、そそり勃つ肉刀を一気に根元まで突きこんだ。

「あひぃぃぃッ」

女体がビクンッと仰け反り、愛梨の唇から金属的な嬌声がほとばしる。

「おおッ、し、締まるっ、おおおおッ」

強烈な快感に襲われて、いきなり本格的に腰を振りはじめる。雄叫びを響かせながら、欲望のままに男根を出し入れした。

「ああッ、ああッ、は、激しいっ」

「ね、姉さんっ、おおおおッ、姉さんっ」

もう腰をとめられない。ガンガン抜き差ししていると、京香の媚びた声が耳に届いた。

「はああンっ、孝造さん、素敵です」

木箱の前にひざまずき、孝造の褌の脇から男根を露出させる。そして、躊躇なく咥えると、さもうまそうにしゃぶりはじめた。

「いいぞ。京香の口は、やっぱり最高だな」

「あふっ……あふンっ」

血はつながっていないとはいえ、母親が女の顔になってフェラチオしているのだ。異常な状況のなか、興奮がどんどんふくれあがっていく。

「か、母さんまで……くおおおッ」

さらに腰の動きを加速させて、愛梨の女壺をえぐりまくる。膣が猛烈に締まるが、驚異的な粘りで射精欲を抑えこむ。

「あああッ、いいっ、哲平ちゃんっ、気持ちいいっ」

愛梨が名前を呼びながら喘いでくれる。それがうれしくて、女壺を奥の奥までかきまわす。

「姉さんっ、くおおおッ、姉さんっ」

「はああッ、い、いいっ、あああああッ、イクッ、イックううううッ！」

あっという間に愛梨が昇りつめる。散々待たされたことで昂っていたのだろう。突き出した尻をブルブル痙攣させながらペニスを締めつけた。

「お、俺も、おおおッ、ぬおおおおおおおッ！」

哲平も雄叫びを響かせて、姉の奥深くで射精する。すさまじい勢いで精液が噴きあがり、頭のなかがまっ赤に燃えあがった。睾丸《こうがん》が空になるまで、一滴残らず女壺のなかに注ぎこんだ。

ペニスを引き抜くと、愛梨はその場に崩れ落ちる。

絶頂の余韻が色濃く漂うなか、蔵の奥に視線を向ければ、京香が立ちバックで孝造に犯されていた。

「ふんッ……ふんんッ」

孝造の低い呻き声とともに、尻肉を打つ、パンッ、パンッという音も響いている。

「あううッ、い、いいっ、あうううッ」

京香はよほど感じているらしい。獣のような声で喘いでいる。孝造に調教された身体は恐ろしいほどに敏感だ。これが二十二年間、実の母親だと信じていた女の真の姿だ。

「ほれほれ、もっとよい声を聞かせてみろ」

孝造がいっそう激しく腰を振る。太魔羅を勢いよく出し入れして、熟れた媚肉を思いきりえぐりまわす。

「ひいッ、あひいッ、いいっ、いいわっ」

京香がヒイヒイ喘ぎはじめる。手をついている木箱が揺れて、ギシギシと軋み出した。

「あああッ、すごいっ、いいわっ、孝造さん、すごくいいですっ」

「おおおッ、よいぞ、おおおおッ」

ふたりの声が交錯する。絶頂が近づいているのか、孝造がひたすらに男根をたたきこむ。結合部分から湿った音が響きわたり、ふたりは息を合わせて激しく腰を振りつづける。

「ひいいッ、く、くださいっ、なかにくださいっ」

背後を振り返った京香が、禁断のおねだりをする。夫以外の男に中出しを乞《こ》うと、尻肉に力をこめて男根を締めつけた。

「おおおおッ、で、出るっ、ぬおおおおおおおッ！」

孝造が雄叫びをあげて男根をえぐりこませる。全身が震えているのは射精している証拠だ。京香の女壺のなかで欲望をぶちまけたのだ。

「あああッ、イクッ、イクイクッ、あひあああああッ！」

膣道を一瞬にして焼きつくされたことで、京香が法悦の絶叫を響かせる。熟れた女体が激しく痙攣して、木箱がミシミシと音を立てた。

「テツよ、見たか。わしを手本とするがよい。これからは、おまえが柏木家を継いで村を治めるのじゃ」

孝造が大声で笑い出した直後、凄まじい轟音が響きわたり、猛烈な埃が舞いあがった。

壁ぎわに積みあげられていた木箱が崩れ落ちたのだ。激しいピストンをくり出したため、振動で木箱がずれて連鎖的に大惨事に発展した。

埃でなにも見えなくなり、急に火の手があがった。蠟燭が倒れて、なにかに燃え移ったらしい。木箱のなかには干し草だけではなく古い書物もあり、あっという間に炎が広がった。

それと同時に、媚薬の妖しげな香りが濃厚に漂いはじめる。火災によって干し草が燻《いぶ》されたのだ。

「ううっ……」

瞬く間に意識が混濁していく。一度に大量の媚薬を吸ったことで頭の芯が痺れて、わけがわからなくなる。女たちも座りこみ、唇の端から涎をダラダラと垂らしていた。

「テツ、しっかりせぬかっ。おなごたちを逃がすのだ」

誰かが大声で叫んでいる。だが、頭のなかに靄《もや》がかかり、誰の声なのか思い出せない。

「危ないぞっ」

再び大きな声が聞こえて、背後から突き飛ばされた。振り返ると、痩せぎすの老人が土間に倒れている。そこに大量の木箱が崩れ落ちた。

「と、父さんっ」

とっさに叫んだ。

しかし、轟々と燃え盛る炎と煙が視界を遮る。もはや、近づける状況ではない。荒れ狂う炎が蔵の天井を舐めていた。

「や、やばいっ、逃げるよっ」

哲平は我に返り、京香と愛梨の手をつかむ。そして、麻友と早智子に大声で活を入れた。

炎が鉄扉を照らしている。必死に駆け寄って扉を開け放ち、女たちを外に押し出す。そして、蔵のなかに視線を向けた。あたりは火の海で、孝造の姿はどこにもない。そこにまたしても木箱が崩れ落ちた。

「くっ……」

このままでは巻きこまれる。哲平は仕方なく蔵の外に飛び出した。

火事に気づいた近所の人たちが、女たちに毛布をかけている。哲平もそこまで走ると、背後を振り返った。

蔵が燃えている。

すでに屋根は焼け落ち、天まで届くかという勢いで炎があがっていた。すべてを焼きつくす業火の炎だ。哲平と村人たちは、為す術《すべ》もなく炎に包まれていく蔵を見つめていた。

翌日の早朝、哲平は蔵の焼け跡に立っていた。

炎は何時間も鎮火せず、結局、蔵を全焼させた。

孝造の遺体は見つかっていない。しかし、あの状況で逃げられるはずがなかった。

それでも、孝造はどこかで生きている。そんな気がしてならない。

——父さんっ
昨夜、哲平はそう叫んでいた。

孝造のことを父親と認めたわけではない。だが、とっさに出た言葉は「父さん」だった。

(違う……俺はあいつとは違うんだ)

哲平は心のなかでつぶやいた。

村の因習は断ち切るべきだ。だが、淫靡な交わりに没頭して、肉欲に溺れていたのも事実だった。

「哲平ちゃん、急がないと」

愛梨がそわそわした様子で声をかける。媚薬の効果が切れていれば、昔と変わらないやさしい姉だ。

昨夜遅く、哲平は自室でひとり思い悩んでいた。

柏木家の跡を継ぐこともできるが、二度とまともな生活に戻れなくなる。東京で普通に就職するか、村の支配者として生きるかで心が揺れていた。

そして、最終的に村人たちを解放しようと思った。

柏木家の借金を帳消しにすれば、みんな自由になれるはずだ。そして、自分たちの力で生きていくべきだ。だが、男たちはともかく、孝造に開発された女たちが黙っていないだろう。柏木家の後継者で精力絶倫の哲平を、簡単に村から出すとは思えない。

そこに愛梨がやってきた。

哲平の気持ちをわかっていたのだろう。深夜だというのに親身になって相談に乗り、早朝、隣町の駅まで送ってくれることになった。

哲平が車の助手席に乗りこむと、愛梨は無言でアクセルを踏みこんだ。

「姉さんは、本当にこれでよかったの」

思いきって尋ねてみる。すると、愛梨は淋しげな笑みを浮かべた。

「哲平ちゃんには普通の生活を送ってほしいから……」

そう言って再び黙りこんだ。

「俺……もう村には戻らないと思う」

助けてもらったのに、姉には申しわけないと思う。だが、そうするしかないのだ。

「うん、わかってる……でも、わたしのところには遊びに来てもいいのよ」

愛梨はハンドルを握ったまま、意味深に囁いた。

姉夫婦の家は隣町だ。確かに村ではないが、愛梨はなにかを期待しているのではないか。

再会すれば、きっと愛梨は我慢できなくなる。背徳感に震えながら肉欲を貪る快楽を知ってしまったのだ。あの悪魔のような愉悦を忘れられるはずがない。

(姉さん……俺もだよ)

声にこそ出さないが、哲平は心のなかでつぶやいた。

※この作品は「特選小説」二〇二〇年二月、四月、六月、八月、十月、十二月号に掲載された「淫獣たちの蔵」を改題のうえ、大幅に加筆・修正したものです。

紅文庫

妖魔《ようま》の棲《す》む蔵《くら》

葉月奏太《はづきそうた》

2022年 5月 15日　第 1 刷発行

企画／松村由貴（大航海）
DTP／遠藤智子

編集人／田村耕士
発行人／日下部一成
発売元／株式会社ジーウォーク
〒 153-0051 東京都目黒区上目黒 1-16-8 Yファームビル 6 F
電話 03-6452-3118
FAX 03-6452-3110

印刷製本／中央精版印刷株式会社

ISBN978-4-86717-410-4